二つの墓標

丹波 燐
Tanba Rin

幻冬舎MC

二つの墓標

目次

第一章

新しい家族

やはり日本海は良い。

冬には背丈以上の波を打ち上げ、荒れ狂うのに、夏ときたらまるで昼寝でもしているみたいに穏やかだ。熱い砂の上、青い空から涼しい風が降りてくる。

故郷、益田市飯浦。三年前までここに居たんだ。おばあさんと米を作り、畑を耕した。郭父さんと薪を集め、魚を捕り、薬草を摘んだ。苦しいながらも、十分に楽しい生活がそこにはあった。

短い間ではあったが、郭父さんに学び、育てられた。言葉の話せない自分も、キク婆さんの見えなかった目も、彼は積極的に世話をし、治してくれた。

心から感謝している。


自分の死が早過ぎたかどうかは、生きた内容にもよると思うので、不問にしよう。青い正義感、ほとばしる情熱、抑え切れない愛を短い間に経験した。未熟と言えばそれまでだし、運命だと思えば、それも納得する。人が誰しも通る道ではないか。

大きな松の木を右に見て、緩やかに坂を上れば、以前住んでいた我が家だ。この住処《すみか》を出て、僅か三年しか経っていない。荒れていると思っていたが、手を入れているのか、あの頃とあまり変わっていない。小路が住処の裏へと続く。そこには家族のお墓がある。

弘父ちゃん、芳蔵じいちゃん、キク婆さん。もう一つ、新しい墓標がある。武……自分の墓だ。誰が立ててくれたのだろうか。自分が死んだことなど知らないはずなのだが、ありがたいことだ。

人は死ぬと故郷に帰る。もうゆっくり出来るんだ。

一九四六年早春、島根県益田市。

慎重に気配を読む。音を消して歩く。浜からどれくらい来ただろうか。浜辺にある漁師の家々を避け、この地域特有の、せり出した山間にある民家を目指した。

〝郭昌宇〟、朝鮮半島南部の軍の幹部兵士である。日本語は出来る方だが、見つかれば騒ぎになり、拘束されるかもしれない。敗戦直後とはいえ、油断は禁物だ。

軍の訓練で学んだことで、何処に居ても生き抜くことは出来る。暫くは、何とかやり過ごして、早く国に戻らなくてはならない。

空が白み始めた。疲労と空腹で今にも倒れそうだ。しかし、意識だけは研ぎ澄まされている。まずは、生きることを優先させよう。

気配がする……。小さな民家だ。灯はないが、木戸を開ける音がした。

耳を澄ます。

「武や。起きんさい。水を頼むで」

老婆の声。

しばらくして、少年が桶を持って出てくるのが、うっすらと確認出来た。武という少年は、桶に二度、水を満たし中へ入っていった。


この国の敗戦は見事な結末であった。

天皇陛下は、敗戦処理条件を、マッカーサー元帥から突きつけられた。

「この戦争は、私の責任において始められたものであるから、まずは私を処分しなさい。命も惜しくありません。しかしながら、残された国民全員が飢えることのなき様に、よろしくお願いします」

この言葉を聞いた元帥は非常に驚いたという。

敗戦国のトップが、命乞いをしなかったのは、天皇陛下以外に聞いたことがなかったからだ。

マッカーサーが、以後どれだけ多くの支援をしたか、日本人の武だけではなく、韓国人の郭も身をもって知ることになる。お陰で日本は、空前の発展へと歩みだすことが出来た。

三度目に井戸から戻ってきた武少年に、郭は声を掛けた。

「おはよう」

早朝の冷たい風がやわらいだ気がした。少年の耳には届いているはずなのだが、様子がおかしい。

「おはよう」もう一度声をかける。

？　何だか対応が変だ。こっちを向いてはいるのだが。

少年は〝にっこり〟笑って家に入っていった。

ん……？

郭には何だか、成り行きを楽しんでいるみたいに感じられた。しばらくして、少年は婆さんの手を引いて出てきた。一目で生活のレベルが分かるが、彼女はその容姿に反して凛としている。この家には少年と婆さんの二人しか住んでいないのだろうか？

「誰ですかいの？　この子は言葉を話すことが出来ません。ほれ、この婆もこの通りじゃ」

と、目の前に手をかざして上下させる。見えないというサイン。

「盗《と》るものは何もないけ、諦めんさい」

そんなことを言いながらも、怯えている様子はない。

「すみません。怪しい者とお思いでしょうが、何か食べる物を下さい。乱暴はしません」

頭を下げて願うのだが、少年にしか見えていないようだ。

「まぁだ寒いし、家に入りんさい。話があるのなら聞きましょう。食べ物が先か。ハハ」

韓国のハルモニ（おばあさん）と似ていて、心が深い方だと郭は思った。ふかした芋しかなかったが、大き目のを二つ手にして、口へ押し込んだ。

「武や。水をあげんさい」

少年の名は武というらしい。

武は大きなどんぶり鉢に水を入れ手渡してくれた。

「ありがとう。甘い芋で美味しいです」

「あんた、日本人ではないようじゃな。この辺は、朝鮮半島の方から時々物や人が着きなさる。風の仕業か知らんが」

何かを思い出したように顔が曇った。

「迷惑は掛けません。すぐに何処かに行きます。私は、南の兵隊です。北を偵察中に追われて海へ逃げたのですが、雨風がひどくて漂流してしまいました。国に帰らねばなりません」

じっと郭の話を聞いていた武は、がっかりしたようだ。小さな溜め息をつく。

「武や。弘かと思うたか？　残念じゃのう」と、婆さんもまた溜め息をついた。

婆さんは〝椋木キク〟と名乗って、この家のことを話し始めた。

武が生まれて五、六年は、目が見えていたこと。以前は、夫の〝芳蔵〟と息子の〝弘〟、嫁の〝すず〟の四人暮らし。慎ましいながらも平和な暮らしだったこと。

キクは今までの様を自分で思い出しながら、郭に聞かせた。

それでな、やがて〝すず〟が身籠り、皆は更なる幸福に包まれた。

わしは弘に言ったんじゃ。

「今まで以上に、すずと、この子のために頑張らんとのう。弘や」

「そうじゃね。魚もようけい捕りましょかい」

家族は大いに盛り上がったもんで。

ある風の強い朝、弘は漁に出ると言った。

「ちいとひどい風じゃのう。大丈夫か？」

「父さん。早春にはよくあることじゃ。じきに止むじゃろうし、あまり沖へは行かない様にする。捕れなければ即帰るで」

などと打ち合わせをして二人で出ていった。そうして、その日も次の日も帰ってはこんかったんじゃ。

その日から、すずは毎日浜へ出た。三里ケ浜の砂は粗い。玉砂利のようなんじゃ。それでも薄い下駄を履いてすずは毎日捜しに出た。

見ておれんかった。

すずさんだけの身体と違うから、大切にしなさいと、外出を控えさせた。

涙に暮れるすずは、それでも夏になって、元気な男の子を出産した。

〝武〟と名付けた。

すずは街の娘で、弘が見初めて家に連れてきたんじゃ。料理の上手な明るい娘で、家庭が一気に華やいだ。わしも安心して家のことは任せた。僅かな間だったが、そこには希望に満ちた一家があったでのう。

芳蔵と弘が帰らぬまま、一年と半年が過ぎようとしていた。

武が生まれて一年近くが経った。

「すずさん。乳の出はどうかね？」と、尋ねると、

「はい。お陰さまで、この子には十分です。すみません、もっと動かないといけないのに……。お義母《かあ》さんの力にはなれませんで」と、言う。

「何言うんじゃ。心配しなさんな。あんたも苦しい中、ようやっている。無理したらいかんよ」

とは言っても、すずが日に日に痩せていくのが心配じゃった。

わしは実家の兄、安治の力を借りながら懸命に働いた。田畑を世話し、工夫して野菜を作った。その評判は良く、市場でもよく売れましたで。

武が一歳と六ヶ月になる頃、寂しくも、小さな希望を持って年を越しました。すずは、わしを独りには出来ないと言って、郷には帰っていない。

三人で正月をしながら思うた。

武はよく笑う。すずさんのためにそうしているのかもしれんと。

平和で新しい年が明け、今年こそ戻ってきて下さいよ、と願掛けをして初詣を済ませた一月七日。天気は良く、夕方まで陽射しのあった日じゃった。

すずさんが姿を消したんじゃ。

『ごめんなさい。捜さないで下さい』という手紙と米、味噌、塩、砂糖などが、上がり口に積んであった。

目の前が真っ暗になって言葉も出ませんかった。神様は私から全てを奪ってしまわれた。夫、弘に続いて今度はすず。

〝武〟もいない。へたり込みました。不安感が先に来て、次に怒りが湧いてきたんじゃ。

こんなことが、こんなことがあるものか。神様を恨んだものじゃ。

……陽が落ちる頃、安治が武を連れてやってきた。これにも驚いた。武はグズっていたが、わしの顔を見るとニッコリ笑った。涙が出たよ。

あぁ神様。またしても、わしらを苦しめなさるか。良い時もあれば悪い時もあるということかね、と思いましたで。


そうして四年が経った頃。

兄の安治や村の人達の助けもあり、ようやく武が小学校へ行く年頃になったものの、武の口からは言葉が出ない。田舎の学校では、勉強は難しいと言われた。悩んでいる間に時は過ぎた。

「なぁ武ちゃん。バァと二人で生きていこうなぁ。武ちゃんはお利口じゃけ、バァの手伝いをしてくれよ」

語りかけると、少しは理解が出来るのか、ニッと笑ってわしの袖を掴む。心の中で合掌したわ。神様、この子だけは連れていかんで下さいのー。

その頃のわしは、よく転んだり、物にぶつかったりするようになっておった。視力が低下していたと思う。

大戦が始まって、この目は益々見えなくなった。周りの人々の力を借りながら、武を育てていったんじゃ。

「長い話になりましたが……迷惑でしたなぁ。ゆっくり休んでつかあさい」


郭は、よほど疲れていたのか、すぐに眠った。

広い山林で木を切る。二人の人間が薪にして背負い、山道を下りている。子供が大人よりも大きなヒマワリを見て『アーアーッ』と指差す。『ヒマワリだよ』と言いたいのだが、自分も声が出ない。子供と二人、船で釣りをする。夢中になった子供が前のめりになっている。『危ない!!』声が出ない。彼はひどい汗をかいた。


春にしては寒い朝。スズメの声で目が覚めた。

武が手ぬぐいを差し出す。

「はい。顔を洗います。ありがとう」

味噌汁の良い匂いがする。

「起きられたか。よく眠れましたかの」

キクは昨日の装いより少し明るめの着物をまとい、使い込んだ割烹着を身につけていた。

「お陰さまで。ぐっすりです」

目の不自由なキクさんが作ってくれたのか、慣れたものだ。食事を済ませると、郭は言った。

「郭昌宇（カクチャンウー）と申します。お礼に何かさせて下さい。先は急ぎますが、私に出来ることがあれば何でもします」

「それなら郭さん。暫くこの家におってもらえませんかの？　わしは一晩考えたんじゃ。大戦が終わったばかりで、なんやらバタバタしとるのが解る。村の若い者も戦争に取られて、戦争が終わってもまだ帰ってきていない。十軒もないこの村の村人は、老人か女子ばかりじゃ。わしがうまいこと言うて、騒ぎにならんようにするから案じてもらえんかの？」

「……」

庭先で強い風が吹いているのか、井戸のつるがヒューヒュー鳴っている。

「わしはこんな身体で、武もまだ小さい。でも何処へ行っても同じこと。帰りなさることは止めませんので、準備が出来るまでどうじゃろう？」

キクの言ったことが理解出来るのか、武は白い歯を出し、ニッと笑った。郭の顔を見て。

「ありがとうございます。本当に良いのでしょうか？」

「この世の中、何があるか分からん。わしもこんな調子で、この子のためにも、郭さんの許す時までで良いのですから」

「ではお世話になります」

食べられるし、帰国の準備もここで出来るではないか。何という幸運だろう。この二人のためになれば、と思った。

第二次世界大戦が終わって、日本の併合から解き放された半島は一時安堵したものの、緩んだ国家という意識で統一性を欠いていた。いち早くソ連は北側のリーダー金日成に目をつけ、半島を支配させ、自国の利益に繋げようとしたのである。

郭のいる南の軍は李承晩を立てるが、いかにも統制が取れている様には見えない。

頼りのアメリカを中心とする連合軍は、大戦後の倦怠感で世論が戦争に反対しているので、参入することは出来ないでいる。

見るからに韓国は劣勢である。急がねば、と郭は思った。


郭の見る限りキクは、栄養素が不足しているように見えた。そこで、クコやヨモギといった薬草を使ってみることにした。武君には訓練しかないな。まずは心を開かせて……。

山陰地方は山々が海へせり出していて、少し山間へ向かえば豊富な草木に会える。郭は、早速新芽の出始めた山野を歩き回っては、目に効く薬草を探した。食べることの出来る草木もだ。無論、武を連れて。

武は郭と出会うまでは、キクと田畑や家の周りで遊ぶしかなかった。平地と山間ではかなり趣が異なる。蝶一つとっても山のそれは大きいし、時々ミミズクが頭を下にぶら下がっている。少し奥へ入ると昼間なのに薄暗く湿っぽい。土の匂いに似ているが少し違う粉っぽい空気は、森の鼻息のように感じるのであった。

さらに武は何でも触り嗅ぎたがる。蜂に刺されたり沢ガニに挟まれたり大変だったが、郭は、生活に使える木や草、虫や鳥のことを武に教えていった。理解出来なくても良い。常に音声として聞かせることを重視した。そうすることで、武は色々と知識を得ていくことが出来る。一つ一つ学習していきながら何が安全で何が危険なのか確実に覚えていった。いつもニコニコして、ヘビやカエルも平気で掴む。上手に出来ないと少しへコむが、郭が捕ると満面の笑顔になる。素直ないい子だ。会話が出来ればと思ったが……焦ってはいけない。

しだいに、自分でも必要なものを採ることが出来る様になっていった。

時々村の人に出会うが、武が同伴なので特に何事もない。少しは噂になっているのだろうか。キクは、郭が来てからすぐに兄の安治に会わせて事情を話し、此処にいることの同意を得ていた。

「郭さん。短波のラジオやったら持っているから、使ってみんかね？」と、安治。

「ありがとうございます。半島の情報が入るかもしれません。助かります」

「いつかは帰りなさるから言うておくが、武の父弘と、お爺の芳蔵が、もしかしたら貴方の様に、向こうに流れ着いているかもしれん。情報があれば、逆に教えて下さらんか？」

「勿論です。私は、釜山の軍ですので南の海岸になります。漂着するとすれば、南側の可能性が高いと思われます」

郭は武に自分と同じように鍬を持たせ、荒れていた田畑を整備して種を植えた。草を引き、野菜の育成に応じた処理を教え、大切に育てた。収穫もみんなで行い、以前のキクのように市場へ出荷した。流石に郭は行けないので、村人に頼んだ。また、漂流時の荷物の中に入っていたヒマワリとカボチャの種を植えたところ、見事に花が咲き大きなカボチャも出来た。しきりに感心する村人たちに、郭は種を分けてあげた。

もっと驚くこともあった。

武が日に日に言葉を覚えていくのだ。読み書きは出来なくても、毎日学んでいった。一日中郭と居て、彼から言葉のシャワーを浴びていたためかもしれない。初めは真似事だったが、いつからかそこには意思が籠っていった。

学校へも行くことが出来たが、武は嫌がった。郭と居ることを望んだのだ。

一番驚いたのは安治だろう。顔を出す毎に武の言葉が上達している。

「こりゃたまげた！　武。お利口さんじゃ。で、わしの名は？」

「やすじ、爺ちゃんです」

安治は涙を流し、嗚咽した。

武は、山河、草木、野菜に薬草、そして言葉を覚え、一つの山を越えた。郭は大いに満足した。ここまで武が成長するとは思わなかったのだ。学校の勉強とは程遠い知識だが、生きていく役に立つ。キクも少しは楽になるはずだ。

来春には帰国しなければならない。ラジオで情報を得た郭は、いよいよ帰国の準備に入った。村の人々からの餞別や、安治を始めとするキクの親類からのお礼を受け、安治の仲間からエンジン付きの舟を譲り受け、年明けを待った。

武はこの二年半で立派になった。ハングル語まで覚えた。

「武君。よく勉強したね」

「郭さん。ありがとうございます。一つお願いがあります」

「何でしょうか？」

「韓国へ帰る日まで〝父さん〟と呼びたいです」

武は少し頬を染めていた。

「武君……。ありがとう。いいとも！」

武には短い間に多くの思い出が出来た。数えきれないほどの虫や草木の名前、食べていい物と悪い物、風向きと雲の様子で天気が知れること。そして、人と人は助け合うこと。武自身、人のためになれることを学んでいた。

キクは涙を流した。あの子なりの精一杯の表現なんだと。

「さぁ武君。明日から少し早いが、冬の準備をするよ。いいね？」

「はい！　父さん」

武がにっこりした。

釜山港の山の手で老夫婦がお茶を飲んでいる。

「あんた！　またうなされていたよ。ヒロシ、ヒロシって。息子さんね？」

「そうじゃ。あの強い風がなかったら、わしは此処におらんがのー」

十五年前の春、芳蔵と弘は小さな漁港を出た。周りにも幾つかの漁船はいたが、早めに引いたのかもしれない。風に加えて雨も降り出した。

「親父。もう帰るぞ！」と弘。

「おぉっ！　結構入っとるで！」

慌てて網を揚げようとする芳蔵。

と、そこへ大きな波が襲いかかった。

芳蔵は海へ投げ出された。

「親父！　何しとるんじゃぁ！　早く上がれ。魚はどうでもええ！」

網を手繰《たぐ》って芳蔵が船へ上がると、弘は網を切った。

強風は陸から吹いて船を遠ざける。波には逆らえない。

「親父。陸と並走する。西へ向かうぞ！」

「そうせい！」

雨が、早春の雪へと変わった。

「ここまでじゃ。覚えておるんは」

「あなたはねぇ、弘さんに救われたのよ。冷たい雨に打たれて、弘さんはあなたを覆って死んでいたと聞いたわ」

「うむ……。そうじゃった。すまんことをした。弘を生かしておれたら……」

「馬鹿ね。子は親を守るわよ。でも、何故帰らなかったの？　まだこんなお爺ちゃんじゃなかったでしょう？」

「まだ、ここ（韓国）が併合されていたので、領事館への届け出をしようとしたら、ある人が『わしの所で働かないか？』と誘ってくれた。わしも弘のことがあって、帰り辛かったんじゃ」

「まぁね。でも、奥さんとお嫁さん、お腹に孫もいたのに……薄情ね」

「……意気地なしか」

それは港の仕事だった。社長の船で釣りもした。よく獲るので、彼はわしを重宝してくれた。でも、十年で日本が敗戦。社長等は日本へ帰っていった。

「その頃ね。私と出会って暮らす様になったのは。先の大戦直後だったかな」

「日本が絶頂の頃だったのぉ。月日が経つのは早いもの。時々思い出すんじゃが、孫が生きておれば十五歳。元服じゃ」

「なんなの、それ」

「大人になった祝い事を、日本ではそういう風に言うんじゃ」

郭親子は、今日も山へ出掛けた。

「父さん、椎茸を作るにはクヌギか栗の木でしたか？」

「ああ、それで良い。薪にもなるから、沢山切り出そう。柴も用意するぞ」

などと、真の親子のようだった。

二人は茸採りに没頭した。

「まぁまぁ、お疲れ様でした。沢山採りましたなぁ」

と、キクは上機嫌で迎えてくれた。風呂も沸かしてある。

「あれですか、キクさん。少しは見える様になりましたか？」

「そうなんじゃ、郭さん。ちぃとじゃが分かるんじゃ。ほんで、風呂も出来た。ほんに、なんちゅうてお礼を言うたらええか。ありがとうねぇ」

これで郭は、安心して帰国出来る。半島の情勢が急き立てている。

「婆ちゃん、父さんが帰国したら、学校へ行く。何年生でも良いから行かせて下さい」

キクは手拭で口を覆った。

毎日毎日年越しの準備に明け暮れ、郭の教えを十分に受け、武は充実した日々を過ごした。

やがて別れの日は来る。郭の思いは三ヶ月後の出発の準備に逸った。

釜山まで三〇〇キロ。十ノット。多少の波風はあるとして、二十五時間掛かる。燃料は持たないだろう。山口の長門辺りで補給出来れば良いのだけれど……。一番良いのは対馬だが、アテはないし。

一か八かやってみよう。

三人でゆっくりと年を越した。珍しく正月は雪になったので、夕方にかまくらを作った。

久し振りだった。

いよいよ三月。郭昌宇が益田を後にする日が来た。

「武！　強く生きなさい。キクさんは、あまり無理をせずに。言葉は尽きませんが、私は母国へ帰ります。世の中が平和になったら、必ずまた会いましょう」

「父さん。半島では戦争が起きるのでしょうか？」

「まず間違いない。そして、私も戦う」

「ご武運を祈ります」

「気を付けてなぁ」

「では、さようなら」

春の優しい青空は、海の彼方に降りて霞んで見えた。見送りに出た武やキク、安治、村の人々を優しく包んでいる。やがて郭の小舟は頼りないエンジン音を吐いて、益田の漁港から、ゆっくり滑り出した。


いつもは田畑や小山より海を見ていたが今は違う。キクさんや武と暮らした郷を海から見上げているのだ。いろいろなことがあった。少しは二人の役に立てたのだろうか、そして彼等はこの先生きてゆけるのだろうか、さまざまな思いが駆け巡っていた。

武君の父さん達は、ここから漁へ出て帰らないでいる。もしかしたら、状況は別として自分も同じルートを辿るのかもしれない。

皮肉なものだ。自分にも男の子が欲しい。

日本の漁師仲間はどうなっているんだ？　安治さんの手配で、対馬で給油出来た。あと十時間もあれば釜山港だ。順調すぎる。

桜を見てから別れたかった。


武の鍬を持つ手に力が入らない。

種を蒔く季節。

キクはキクで、草を引いては手を休めて言う。

「郭さん、着いたろうか？」

「婆ちゃん。何回も言うな。手が止まるわい」

と、キクのせいにしている。

「段々畑、父さんのヒマワリ、カボチャ。今年も気張って植えるけぇのぉ」

武はいつの間にか涙している。

キクは思う。六十を過ぎた。体力も落ちてきている。武にもっと勉強させてやりたい。大阪や東京へ行ってしもうてもええ。腹をくくっていた。

安治とキクが話し込んでいる。何やら真剣な話のようだ。武は聞こえないフリをして外へ出たが、安治の大きな声は外まで響く。

まとめると、こういうことのようだ。

神戸には働きながら勉強出来る所があるらしい。安治爺さんの知人が荷物運搬の会社をしていて、人手が不足しているとのこと。婆ちゃんと一緒に働いてみんか？　と、ヒソヒソ声で喋っていた。

「私は何処へでも行くよ。あの子のためじゃったら。都会もええかもしれんねぇ」

その頃のキクは、何となく昔のような元気はなくなっていた。

働けて学校へ行けるのなら……婆ちゃんも行けるのなら、文句はない。

武は小耳に挟んだところで決めていた。

しかも、港の荷物会社なら、もしかして……。

安治は、また此処へ戻ってくるのは面倒だからと言って、キクと話したことを武に伝えた。

「自分は神戸に行っても良いので、お爺さんにお任せします」

それを聞くと、安治は上機嫌で帰っていった。


「婆ちゃん、神戸に行こうか」

「お前が決めたらええ。わしは何処へ行っても、武の面倒をみにゃいけんから」

キクは寂しい思いを押し隠して言った。

この子には辛い思いばかりさせてきた。生まれる前に父親は居なくなるし、生まれて一年と半年で母親は郷へ帰ってしもうた。

わしは必死で働いたが、目を患いかえって心配させた。これから先、幸福になって欲しい。わしは一人で此処に残ってもええのだけど、あの子は優しいから連れていくじゃろう。神様よぉ、わしのことはええ……武をどうぞ守ってやって下さいまし。

武も自分とキクのことを真剣に考えていた。今、自分が望むものは何だろう。学校にも行きたいが、郭父さんともっと生活がしたい。そして婆ちゃんを楽にさせたいから、働いて働いてお金を貯めなければ。

やはり〝神戸〟という所へ行こう。

安治から連絡が入った。

「十月に入ったら、即神戸に行け」とのことだった。

ホタルが飛び交う頃になった。武は牛乳瓶にホタルとヨモギを入れて、よく眺めていた。朝になると何故か姿を消していたことを思い出す。

夏が過ぎるのは早い。キクと武は、神戸に行くことを親類や友人、村の方々に告げて回った。戦争を乗り越え、若者を取られた土地の者達は、

「また寂しくなります」

と、口々に話して涙を流した。

「婆ちゃん。神戸ってそんなに遠い所なんだ？」

「そりゃ武、山口まで出てからじゃ。岩国まで行って、汽車でひたすら東へ走るんじゃ」

「何時間くらい？」

「そりゃあ……知らん。『次は神戸』って言われたら、降りるんじゃと」

「ふ〜ん。〝神戸〟言うたら、船がよーけい、おりんさるらしいが、その中には韓国へ行くのもおるんかね〜？」

「それも知らん。が、韓国行きがあったら、お前は行きたいと思うんじゃろうなぁ」

「そうじゃねぇ。しっかり稼いで、お土産持っていこうかなぁ。婆ちゃんも連れていくけぇ、楽しみにしとりんさい」

「はいはい」


身の回りの物だけで行け、と言われたので荷をまとめたら少ないこと。

「これじゃ遠足じゃ」

と、キクは笑っていた。挨拶回りも終わり、あとは神戸へ行くばかりと、一息ついた。

盛りだった朝顔の花が、いつの間にか目立たなくなった九月。まだ残暑の残る日、突然キクは倒れた。

どうしたらええんじゃ！　大きな不安がうねりとなって全身を覆う。金縛りになった身体を強引に振りほどき、武は走った。医者の所。安治の家。

やがて、キクは継ぎ接ぎの布団に寝かされた。顔を覆った布だけが真新しい白色だった。

神戸行きのお別れにと、巡った先方の皆が、二度目の別れに来てくれた。


これで、本当のお別れだ。

キクをお墓に納め、短い法要の後、皆で粗末なお斎《とき》につき、早々に済ませた。

武の頭の中は真っ白のまま。線香の匂いだけが残った。最後に安治爺さんを送り出した。

彼の後ろ姿は流石に寂しそうだった。彼の歩む畦道には、いつの間にか満開になった真紅の彼岸花が群れていた。

第二章　新世界へ

一九四九年三月中旬。郭昌宇は、ようやく両親の待つ釜山市内の実家に帰ることが出来た。益田を出港した小舟は、対馬で給油して計画通りに韓国へ着いたのだ。

釜山港の南西にトンヨンという島がある。益田で安治から譲り受けた小舟は、キラキラと輝く海面を揺りかごのように揺れながらその島に漂着した。

久し振りの祖国は出発した益田に似ていると感じた。赤松に覆われた山。所々に栗の木が顔を出し、波に洗われた岩があらゆる所に座している。側面の土は赤い。武を思い出していた。

とにかく実家へ急がなくては。形振り構わず、住民達に協力してもらいながら釜山西方の我が家へ向かった。途中、益田での生活を思い出した。いずれの国でも家族があり、友や自然があり、生活を営んでいるのだ。何故戦う。

小さな門の向こうに母屋が見える。庭は横幅が広く、畑は少々荒れているように見えた。武は種蒔きの準備をしているだろうか。益田の桜の木はつぼみだったのに、我が家の庭の桜は少し花をつけている。季節はさほど変わらないのだろう。ようやく帰ってきたのだ。

両親は涙を流し喜んでくれた。一人息子の郭をどれだけ心配していたことか。夜通し、この三年間のことを話して聞かせた。そして自らも幸福に感謝した。

再会を喜び合ったのも束の間、もうすぐ戦争になりそうだと父様から聞かされた郭は、元の軍へ戻っていった。

軍本部で多少の質問を受けたが、不問ということで以前の役に従事することになった。なにせ、一人でも多く優秀な幹部が欲しいのだ。

仮に北から攻められ続ければ、此処が最後の砦となる。そうならないように緻密な作戦を立てなければならないのだが、リーダー李承晩からの連絡はない。

時々、兵舎へ小柄で人懐こいお爺さんが、小間物やおやつ等を許しを得て売りにくる。単車の後ろに荷車をつけて「プァー」と、ラッパを吹きながら。長い付き合いだ。日本人だということは誰でも知っている。ハングルが上手で舌を巻く。

「郭隊長、注文の品です」

「あぁ、いつもありがとう。いくらだ?」

「はい！　三千八百ウォンです」

「じゃ、これで。釣りはいいよ」

「いつもすみません。ありがとうございます」

郭の心遣いに、お爺さんの胸はいつもあたたかくなった。


武は単身、神戸に向かった。

とうとう、たった独りになってしまった。母すずの顔も思い出せない。父弘や爺ちゃんの顔も知らない。郭父さんだけが唯一の希望だった。

〝神戸〟までの時間は、キク婆さんの言った『知らん』で正解だ。一向に着かない。岩国からどれくらいの駅に止まったか覚えていない。戦争の爪痕が残る広島で乗り換えて、それから一眠りして水筒の水を二回飲んだ。少しずつ不安は増してきたが、婆ちゃんの顔を思い出すと何ともなくなる。

腹が減った。益田を出るとき、安治爺ちゃんが大きな握り飯を三つ持たせてくれたが、もうない。陽射しが少し弱くなっている。午後四時頃かな。ぐ～っと腹が鳴る。通路向かいの若い女の子に笑われた。

『あ～、本当に腹減った』と思った時、

「次は神戸。神戸……」

はっきり聞こえた。嬉しさのあまり、おならが出た。今度は女の子が赤くなった。

駅の改札を抜けると、大きな立て札を持った小さなお爺さんがいた。立て札には〝椋木武君〟と書いてあり、もの凄く恥ずかしかった。

お爺さんの前に立ち、

「椋木武です。よろしくお願いします」

と言うと、彼は大きな武を見上げて
「あー、ご苦労様。僕は山城組の伊藤です。行きましょう」

初めて乗用車に乗った。感動した。

原山町の社宅まで二十分。伊藤さんは奥さんに先立たれて一人だという。同じ棟なので気軽にして良いとも言ってくれた。そんな短い会話の間に社宅に着いた。二階六軒の単身者向きみたいな小さなアパートだった。

一階の左端に案内して下さった。

「生活に必要なコンロや鍋、やかん、什器類は会社が用意してくれているからね。あと足りない物があれば会社に行く道々に売っているから」

と、伊藤さんは親切だった。

さらに感動したのは、彼が「腹が減っているだろう」と、弁当を渡してくれたことだ。しかも二つ。別の意味で涙が出た。

今日はゆっくり休んで明朝ここの住人六名で会社へ行く。その道々、紹介してくれる段取りらしい。すごく合理的なやり方だと感心した。

便所は共同で各階にある。風呂は近くの銭湯だ。少し足を伸ばせばもう一軒ある。

自分の部屋が一階の左。真ん中が伊藤さんで、右端が李君。二階の左端、自分の真上が熊さんで、真ん中が源一郎さん。右端が健一朗さん。〝イチロウさん〟が二人いる。と、説明を受けた。

明日から新しい生活が始まる。狭い部屋だが、自分が主だ。

……本当に独りぼっちになったような気がした。大袈裟に言うと、運命だ。少し眠りづらかった。

翌朝七時。六名が社宅前に集合した。自分が挨拶をして、それぞれからもしてもらった。道々、熊さんから会社の概要を聞いた。源さんと健さんは自分の上司にあたる。李君は別の仕事で見習いをしている。伊藤さんは非常勤で会社の雑用を任されているらしい。次の日からはバラバラで出勤して、第二倉庫前に八時の集合と聞かされた。


会社の倉庫前に集合すると、三十名くらいの社員さん達が整列をしていた。

「おお、来たか。椋木君。前へ」

「はい」

「今日からうちの仲間になる。島根の益田から来た、椋木武君だ。皆さん、よろしく頼む」

「椋木武です。むくは、木偏に京都の京。武は武士の武、一文字です。田舎者です。ご指導下さい。よろしくお願いします」

立派な口上である。社長がそれぞれに今日の作業の指示をして解散となった。

「熊さん、ちょっと」

「はい」

「椋木君はハングルが堪能らしいな。先の仕事もあるから船積みの現場で頼む。これを彼に」

と、社長は武の名札を熊さんに手渡した。

十月の風が清々しいが、昼間の太陽はまだ元気いっぱいだ。貨物船にスロープを掛けて武は荷車で乗り込む。引っ張る方も押す方も汗だくになる。滑り止めに使っているゴム手の中もぐちゃぐちゃだ。でも取らない。そのことは十分注意を受けている。

「おーい」

上から声がする。見上げると、太いロープに吊した荷物を、キリンの首のような柱で吊り上げている男がいる。二人掛かりだ。

「李です」

と、大きな声。

李君は見習いをしていると聞いたが、この運転のことなんだと理解した。

「おお〜い」

と、返す。李君は食事を取る真似をした。『今日も昼飯を一緒に取ろう』と、合図をしているのだ。両腕で丸をして返した。

社員食堂のおばちゃんは、いつも李と武のご飯は大盛りにしてくれる。

「沢山食べて、もっと大きくなるんだよ。そんでもって、いっぱい働くんだ」

と、言葉も山盛りくれる。

「兄さん。船積みの仕事はキツいですか?」

李は十五歳。武の方が一つ年上だから、彼は丁寧な言葉を使う。

李は言っていた。

〝日本人も目上の方を敬いますが、韓国人はもっと厳しいです。一つ年が違えば、お兄さんと呼びます〟

「キツいのは確かだが面白いよ。荷崩れしないように工夫したり、テコの原理を応用したり、結構頭を使うんだぞ」

兄さんぶってきた。

「李君の方はどうだ？」

「難しいです。遠近感をつかめないといけないし、間違ったら事故になるので必死です。兄さん！　李じゃなくて、名で呼んで下さい。光輝（クワンヒョン）です」

「クワンヒョン。かっこいい名前だね」

帰りに待ち合わせて、買い物に行くことになった。食料品や雑貨も扱っている〝えびす屋〟という店が倉庫と社宅の中間にある。自分は箒とチリトリを買ったが、クワンヒョンは何も買わなかった。


武は週四日の夜間学校へ通った。小さい子供から年配の方まで、幅広い人達が同窓だ。授業のない夜は、クワンヒョンとよく話し込んだ。

「父さんはソウルで中学校の先生をしていました。母さんは近くの市場へ時々手伝いに行っていたそうです。僕が小学生になった頃、難しいことは知りませんが、思想のことで揉めたらしく、学校を退職させられたそうです。日本人の友達が神戸での仕事を紹介してくれたので、家族三人でここへ来ました」

「ふ〜ん。何で社宅にいるの?」

「終戦の年の三月十七日に空襲に遭いました。長田区に住んでいました。酷い攻撃でした。民家にもアパートにも、沢山の爆弾が落ちてきたんです。それで両親が……」

「そうか。クワンヒョンも独りぼっちか。僕もこの間話した通りだ。お互い寂しいもんだね」

「兄さん。みんながみんな独りじゃないけど、僕らは偶然なのですか?」

「クワンヒョン。何だろうねぇ。日本で言えば地震や水害、事故や事件などでも多くの人が死んでいる。勿論この戦争でも。神様の引き合わせではないだろうか」

「兄さん。ずっと一緒に居たいです。伊藤のお爺さんや熊さん達もすっごく優しいのですが、こうやって語ることってありませんでした。だから嬉しいんです」

「僕も、自分の話を聞いてくれるクワンヒョンは、一緒に居てとても安心するんだ。日本では、義兄弟って言うのかな……」

「兄さん。韓国では多少の歳は問題にしないで、兄弟のような友を〝チング〟と呼びます」

「チングか。良い響きだ。クワンヒョン、僕と君は〝チング〟で良いか?」

「もの凄く嬉しいです。兄さん」

「チングなんだから、武で良い」

「ダメです。武兄さん」


一九四九年もあと少しで暮れる。十二月三十日から、翌年の五日までは休日になっている。

クワンヒョンと武以外は里帰り。と言っても大阪、岡山らしい。

年末二人は【えびす屋】へ、一週間分の食料とお菓子を買いにいった。

「あんた達、社宅で正月かい？　そりゃ可哀相やなぁ。お餅をあげようね」

と言って、おばさんは沢山の餅をくれた。今でもそうだが、二十九日に餅つきはタブーなので、その前日か三十一日につくことが多いことは変わらない。二人は何もすることがないので、散歩したり銭湯に行ったり、海を眺めたりブラブラしてやり過ごしていた。酒が呑めたら良いなぁと二人して同じことを考えている。笑い合った。

原山町の北を歩いていると看板があった。

〝動物園　建設予定地　昭和二六年完成予定〟としてある。あと二年以内ではないか。これには二人とも驚かされた。

「おー、武兄さん、動物園だって。どんなんが入るんでしょうね。猿、猪、大きな犬。鹿……」

武が遮って、

「クワンヒョン。そんな動物だったら、益田には全部おるんじゃや。ゾウとかライオンとかキリンさんとかじゃないんかなぁ」

「武兄さん。何でキリンだけ〝さん〟を、つけるのですか？　シマウマとかカバとかワニとか……」

「クワンヒョン。ワニは流石に来んじゃろう。ダッチョウも見てみたい」

「アハハッ。〝ダチョウ〟です。ダッチョウは病気です」

「そうか。楽しみじゃのー。あと二年かー。近いから毎日来られるなぁ」

「それは飽きるでしょう。それに毎日見たら、鶏肉や豚肉を食べるのが可哀相になります。きっと」


海からの冷たい風が吹き抜ける中、二人は楽しそうに長い時間散歩した。他に時をつぶすすべを知らない彼等なのだ。若い二人は、この先の夢や希望を戦後日本の復興に重ねて、必ず幸福になれると信じて疑わなかった。


釜山の山の手に〝サムゲタン〟の美味しい店がある。港から真っ直ぐ北へ歩いて十五分くらいの所だ。一台の車が止まっている。まだ陽は落ちていないが寒い夕方。店主の〝ウノ〟姉さんというか、おばちゃんというか、難しい年頃の店主がやっている。

「元さん。どうなの？　北の動きは」

兵舎に出入りしている元には、多少の情報が入る。ニュースや新聞よりリアルな話をしてくれるのだ。

「そのことですよ。一月にかなりの兵器が北へ流れていると聞いています。兵隊さんの中には、正月（旧正月、二月初旬）が過ぎたら、動きがあると言っている人が多いです」

「で、ソウルは大丈夫なの？　だって三十八度線から近いじゃない」

朝鮮戦争直前、半島の南側はソ連が後押しをしている北側を嫌っていた。社会主義の下に統一されることを恐れていたのだ。

しかし頼みのアメリカや連合軍は世論の反発を受け思うように動けないでいた。

南側はそれでも交渉の上では一歩も引かない。

「李承晩は自信があると言っているが、分からない。こっちは兵士の数、兵器共に劣ると聞いている。何せあっちにはソ連がついているからなぁ」

「こっちはアメリカがいるんじゃないの？」

「今は連合軍、特にアメリカは動きにくいだろうなぁ。世論が戦争に大反対しているからなぁ。圧力をかけることは出来ても、参戦は無理だろう」

「嫌だ。怖いわ〜」

「ウノさんや。話はそれくらい？　早く酒とサムゲタンを頼みます」

『やっと出勤出来る』と、時間を持てあましていた二人は、休日最後の夜に皆からもらった土産を頂きながら少しは贅沢をした。

いつもは「おはよう」だが、今朝は次々に「明けましておめでとうございます」の連発だった。

身体が鈍っていたせいか、年明け初日の仕事は結構辛かった。帰りに熊さんが、

「武。ちょっと」

と言って、社長室へ武を連れていった。

「椋木君。どうかな？　キツくありませんか？」

「はい。大丈夫です。飯もしっかり頂けてますけー、何ともありません」

武はにっこりと笑った。

「そうか。頼りになるな。ところで三月から、船に乗ってくれないか？　君はハングルが出来るそうじゃないか。熊さんが言っていたよ。どうかね？」

武はドキッとした。こんなに韓国へ行きたがっている自分が乗る貨物船は、兵器と貨物を韓国へ運ぶというのだ。即答した。

「乗らせて頂きます！」


三月十日正午、やや東の風。陽光の中、武を乗せた貨物船〝明神丸〟は、神戸の港を出た。二十二時間の航海である。

遠いようで近い国だな、と思う。日本では四百年以上前に徳川が全国を統一して以来、国内が割れたことはない。維新戦を除けば。

しかし、今向かっている半島は南北が衝突し、同じ民族同士で戦争が始まろうとしている。話し合いで解決が出来ないのだろうか。または選挙で決めるとか、難しいのだろうか。戦う人の心というのは、どんなんなのだろう。

何か別のエネルギーみたいなものが出るんだろうか？　貨物船の中で武は思った。

郭父さんには家族が居る。有事になれば銃を持つだろう。そこにある大義のために。

郭父さんに寄り添うということは、自分も戦いに行くということなのか。

〝明神丸〟は、翌日の昼前に釜山に着いた。

手続きが完了するのを待って、積み降ろしが始まった。作業をしながら周りを眺めると、むき出しの海岸上部に松が並び、何だか日本と変わらないように思える。やがて一段落。二十時の出港まで三時間は自由時間だ。夕食も済ませることになっている。


「椋木。飯に行くか？」

と、先輩が誘ってくれたので、武は山の手の小さな食堂へ向かった。

大きな通りを北へまたぐと、路地は細く小さな家や店が並んでいる。空地や建物の境界にはツバキの木が多い。さほど歩かないうちに、先輩は目的であろう店の前で立ち止まった。ドアを開ける。

「あら、また来てくれたのね」

と、女店主は先輩に声を掛けた。

「ここの店は美味しいですから。彼は後輩の椋木武君です。この間のやつをお願いします」

と、たどたどしいハングルで話した。

「武君、沢山食べられそうね。あまり辛くしないでおくわ。先輩さんは、この間辛そうに食べていたものね」

「おばさん。それが美味しいのですよ」

「無理しなくていいのよ」

「元（ウォン）さん。また来てくれたわ。日本の船員さんが」

「あぁ、こんにちは。私は昔、日本からここへ来た者です。よろしく。ここの料理は美味しい方ですよ。どんどんいらしてやって下さい」

元が二人に挨拶した。

「美味しい方って？　釜山で二番目に美味しい店よ。一番は知らないけれどね」

二人は食事を済ませてブラブラと船に戻った。

「帰りは下り坂だから楽ですね」

「椋木君。よく食べたなぁ。立派立派。奢り甲斐があるぞ」

乗船。無事神戸港に帰りついた。

五月末までに、三回の航海をこなした。

釜山港へ入港する毎に、郭父さんのことを強く思う。時間も少ないし、自宅へは車で三十分かかると聞いた。繋いでくれる人脈もない。

どうすれば会うことが出来るのだろうか……。


六月二十五日、突如朝鮮の金日成は三十八度線を越えて侵攻を開始した。ソ連製の戦車隊を前面に粛々と。

李承晩は慌てた。戦車の威力が予想を超え、韓国軍の兵器では歯が立たない。

それもそのはず。ソ連の戦車は日本軍のバズーカにも耐えていたのだから。まるで準備が出来ていない。案の定、三日でソウルは陥落。追撃は止まらない。

釜山の軍会議では、少し青ざめた容貌の呂作戦本部長が
「ソウルは三日しか持ちませんでした。南下を許した今、テジョン、テグまで我々の兵力では半年も保たないと思います」

と報告すると、前線から情報を集めた李通信部隊長は
「厄介なのは戦車だけなのですが」

と補足した。

「ゲリラ戦ではダメなのか？」

南軍総長が訊ねると、くやしそうな表情の呂が
「訓練が出来ていません。兵の数も不足しております」

さらに李が
「李承晩様はこちらへ向かっております。しかし、問題が発生しています」

と報告した。

総長が訊ねると、

「何かね？」

「撤退の際、一般市民をスパイ等の一味として、大量の虐殺を繰り返している様子です」

と李が報告した。

「バカな。そんなことをしてどうなる。直ぐ逃げればいいものを。戦わず、国民を殺しながら逃走しているのだと。やっておれんわ」

と憤慨した。

呂が郭に問いかけた。

「郭隊長。君に策はないか?」

「はい！　金シャクゲン師に伺いを立ててみてはいかがでしょうか?」

郭は持論を述べた。

金シャクゲンは太平洋戦争中、日本軍の大隊の指揮を任されていた。同期からの信頼も厚く、数々の成果を上げている。シャクゲン以外にも、その部下は二百名くらい韓国に帰国していた。

南軍総長は
「シャクゲン師かぁ。勿論、尊敬に値する方だが承晩が日本の関係者を嫌っている。シャクゲン師に頭を下げることが出来るかどうか。師なら、何とか守りきれると思うが」

と言うと、李は
「李承晩様を説得しましょう。このままでは此処も危険です」

呂も
「釜山を取られたら、我が国は金日成のものになってしまいます。それではあまりにもやりきれません」

と進言した。
総長は
「……分かった。承晩に連絡をしてみる。郭隊長は師以外の元日本兵の皆さんに話してみてくれ。急がねばならんからな」
としぶしぶ承知した。

武は朝鮮戦争が始まったことを知った。そして、韓国が深く攻め込まれていることも。

「クワンヒョン。僕はもう限界だ。チングに黙って別れることは出来ない。次の便で決行する。韓国へ行って郭父さんの力になるよ。クワンヒョン……解って欲しい」

「武兄さん……。独りにしないで欲しいけれど、いつかは渡ることと思っていました。チングですから。でも、無茶はしないで下さい。戦争に行くなんて絶対にしないで下さい！」

「何言ってんだ。銃も持ったことないのに戦争に行けるわけないだろ。何でも良いから郭父さんの力になりたいだけだ」

「本当ですよ。武兄さんは結構熱い人だから、情に負けないで下さいよ」

「分かってる」


七月十日に出港の予定が組まれた。

当日の朝、クワンヒョンと向かい合う。お互いに決意をした目を交わす。前夜に「僕の荷物はクワンヒョンに任せる。チングである君に。しばらくは連絡しない」と、伝えていた。

梅雨が明けそうな乾いた風が心地良い。

乗船を終え、いつも通り正午に出発。

珍しく熊さんが、好物を聞いてきた。

「武！　お前、韓国料理では何が好みや？」

「いつも食べるのは、サムゲタンです」

「どんな物や」

「鶏のお腹に、もち米やナツメ、松の実を入れてニンニクベースで煮込みます。朝鮮人参も入っています」

「そうか。そんなに旨いか。しょっちゅう食べたいのやろ。鼻血が出るで」

「あははっ。そんな」


熊さんは気付いている。

今回の貨物は相当重いのだろう。エンジンの音にも気合いが伺われる。兵器が主なのかもしれない。昨夜、クワンヒョンが言っていた。

「武兄さん。約束です。また必ず会いましょう。チングは死ぬまでチングですよ」

そうだなぁ、生きていればいいなぁ……。

婆ちゃんは死んだけど、爺ちゃん、父ちゃんは何処へ行ってしまわれた？　母ちゃんは元気でおられるか？

皆さん、すみません。僕は田舎を出て日本まであとにしました。もう帰らないかもしれません。

島根県益田市の山河、飯浦という村の田や畑、草や木、小さな漁港、それぞれの匂いをはっきりと思い出すことが出来る。そして景色もだ。

第三章　もう一つの国

武は無事釜山に着いた。こちらも良い天気だ。

手続きを済ませて、荷下ろしが始まった。夕方五時前に全ての作業を終えた。皆が食事を求めて、ぞろぞろとチャガルチへ向かった。

いつも一緒に行っていた先輩が、

「俺、今日はこっちに誘われたけん、付き合われんで一人でも行けるな？　あぁ、熊さんからや。飯の時にでもつまんでみろって。渡したぞ。じゃ、船でな」

と、しわくちゃの茶袋を手渡してくれた。武は急ぎ足になった。山手の商店街を抜け、更に北へ、東西の大きな通りを渡れば店に着く。見えてきた。小さな看板が。

「ウノおばさん」

入るなり、彼女を呼んだ。客は元さんだけだった。ウノさんは見越した様に、

「まぁ、武ちゃん。来てくれてありがとう。今日はうちの息子になりたくて来たのかい？　座りなさいよ」

武を座らせて冷たい水を出した。武は一気に飲み干して、

「今から此処へ行きたいのですが、行き方を教えて下さい」

「会いたい方がおるんね？　うーむ、結構な距離だね、こりゃ。……元さん元さん！　あなた連れて行ってあげなさいよ」

「わしがぁ？　帰る方向だけど……」

「何言ってんだい。同じ日本人。助け合いなさい。もう食事もしたでしょ！　ほれ、奥さん

の分も包んであげるから。武ちゃんのためにさぁ」

「そうかい。じゃ、ドライブするかぁ。武君。お腹はいいのかい？」

「はい。大丈夫です。すみません、元さん。よろしくお願いします」

と、メモ書きを渡した。

「ふ〜ん。我が家のちょっと先だなぁ。よし、行こう。またここで会おうな。じゃ、ウノさん、帰ります」

「ご苦労様〜」


車で三十分位だから寛ぎなさい、と言われたので、武はさっき手渡された茶袋を覗いてみた。文字の書かれた紙で、飴が三つ包まれていた。文字は全部平仮名で、

『よのなか、あまくないんやで。せやけど、これはあまいでぇ』

底にはお金が入っていた。武は泣いた。大粒の涙だった。元は黙っていた。


「もうすぐだと思う。もう一度メモを見せてくれるかい？」

と、それを見ながら、

「十一、十二……あー！　そこだ」

小さな母屋だが、広い庭があった。

「ありがとうございます。恩に着ます」

「どういたしまして。若い子には恩を売っとくもんだ。またゆっくり飯でも食おう。では、気を付けて。さよなら」

「乗船の時が来たのに、一名が帰らない。こういう場合は誰の責任になるのか分からないが、有事である。この船を、いつ大砲が直撃するか予測不能。従って定刻通り出港する。君たちの命が優先だ」

と、全員を前にして熊が吠えた。誰一人として発言はしない。港を振り向いて熊は笑った。

一方、武は〝郭〟と大きな表札のある家の前に来ていた。

「御免下さい」

と、大きな声で伺いを立てた。

夏の六時を過ぎた頃だ。まだ明るい。

小さな門の向こうに、小さなお婆さんが出てきた。

「日本から来た、椋木武と申します」

「まぁまぁ。貴方！　貴方！」

と、奥へ。直ぐに背のスラッとした老人が入れ替わり出てきた。

「君が武君か。あぁ、昌宇から聞いているとも。いつかは見えるのではないかと。こんなに早く来てくれるなんて。さっ、早く上がりなさい。どうぞ」

と、快く招き入れてくれた。

「夕食はまだでしょ。シャワーを浴びて頂戴。着るものもないわね。用意するわ」

「おいおい、一度には出来ないよ。婆さん落ち着いたらどうだい」

今日は疲れているだろうから早く休みなさい、と言われたので失礼をした。郭の父は直ぐに息子に、武が来て今は休んでいることを伝えた。明朝帰る、と返事があった。


「武。起きているか？」

まだ眠っていたが、声を聞けばそれどころではない。跳び起きて郭の元へ。

「おぉっ！　武！」

「郭父さん！」

「よく来たな。待っていたよ。キクさんは元気か？」

「昨年の九月に亡くなりました。僕が神戸へ行く一ヶ月前です」

「そうか……。仕方がない。定めだったのだろう。残念だが」

武は朝食を頂きながら、郭と別れたあとのことを話した。神戸で働いて船に乗ることになり、何度も釜山に来ていたことも。

「そうだったか。独りになってしまったんだな。武も知っているだろう。今、この国は大変なことになっていて、北軍に半分領土を握られている。お前が此処へ来た方法には問題があった。しかし、ハングルも理解しているし何とかなるだろう。私は君の父親だと思っている。

此処にいる父母は武のおじいさんとおばあさんだ。家族になるんだよ。だからこの先ずっと此処を我が家だと思って暮らしなさい。この国は発展途上の国だ。戦いが終わっても、することは山ほどある。手を貸してくれると嬉しいよ。ずっと此処に居て両親を助けてやってくれないか」

「本当ですか。ありがとうございます。お爺様、お婆様、よろしくお願いします」

「まあまあ、固いことは抜きにね。私達も嬉しいのよ。ねえ、おじいちゃま」

「なんだ急に優しくなりおって！　武君、よろしく頼むよ。近頃は身体が思うように動かなくなったもんだ。お前が頼りだよ」

「はいっ。僕は何でもします。戦争の間は、父さんが中々帰れないと思いますので、お爺様、お婆様のことは任せて下さい。それと、庭が少し荒れていますが、畑にしても良いですか？」

「良いねぇ。是非ともそうしてくれ。種は用意しよう。武、正直に話しておく。韓国軍は、今現在非常に劣勢なのだ。この六月二十五日以来、ソウルは僅か三日で落とされ、連戦連敗を余儀なくされている。この一ヶ月の間に我々の領土は半分になった。このままいけば、釜山が最後の砦になる。解るね？　私も此処を守る軍人として、その責務を果たさなければならない」

「父さん！　私も連れていって下さい」

「ダメだ！　武、お前がそう言ってくれるのは嬉しいが、もっと自分を大切にしてくれ。お前にこれ以上何かあると父さんも悲しいぞ。武の命は君の家族のものだ。たった独りになったからこそ大切にしなさい」

翌朝、兵隊の人事、作戦の状況確認を任されている郭は本部へ戻った。報告を受けるが、全て負け戦だった。

韓国は打つ手がなくなっていた。勇敢な兵士はいても、優秀な指揮官がいない上に、強力な兵器もない。多くの兵士が担ぎ込まれる。戦死者、負傷者は一般市民も含め百万人近い。国全体が焦っていた。

郭は思っていた。金シャクゲン師に立ち上がって欲しいと……。


元が仕入をするために車を走らせていると、荷物を運ぶ武を見つけた。

「ほいほい。武君じゃないか」

「あぁっ、元さん……。この間はどうも」

「どうかね？　あれから」

「あそこは本営の郭隊長の家でして、隊長のご両親のお世話になっております」

「何か訳ありだと思っていたんじゃ。人は色々あるもんで」

元は深く突っ込まないで続けた。

「わしは、労働力を探しておるんじゃ。戦争の負傷者を受ける施設がいっぱいで、手が回らん。大工仕事もあるんだが」

「遠い所でなかったら、お手伝いに行けますが。家のことばかりでは持てあましますす」
「そうだな、ここからだと十キロくらいじゃから、歩けば二時間てところかのー」
「十キロかぁ〜、キツいなぁ。訓練しますか。お爺さんに相談してみます」

結局武は許しをもらい、病院とは名ばかり、負傷者だらけの施設に通うことになった。空きがあるというので、週三日は現場で寝泊まり出来る様にしてくれた。

ベッドの製作、包帯の洗濯、患者の移動など仕事はいくらでもあった。一番辛いのが死者の埋葬だった。

これは酷い。手足がない方。目を、顔を怪我した方。凄まじすぎる。武はこの光景に唖然とする。戦争は酷すぎる。戦って後悔はしないのだろうか？　我が身を顧みず突撃出来るのだろうか？　自問しても答えは出ない。

呻き声、看護婦の励ましの声、薬品を探す医師。ここも戦場なのだ。

益田の暮らしで覚えたことは沢山ある。安治お爺さんは大工もしていたので、教えてもらったこともある。それが此処で役に立つとは。

淡々と作業を続ける武に、
「お前、上手だな」
と、結構年輩の方々が集まり、評価してくれた。これぞ、昔取った杵柄じゃけー。と言いたかった。

昼休みに皆でボーッと涼んでいると、看護婦が来て病室のベッドを直して欲しいと言う。様子を聞いたが、皆が知らないフリをするので、

「自分が行きます」

と言って、木片と適当な道具を手に彼女についていった。アンモニア、消毒のアルコール、様々なニオイの混ざる中を進む。

「これです。斜めになってしまって」

こんなのは訳のないことだと思いながら、サッと直した。

「ありがとうございます」

さっきまで気付かなかったが、白衣には飛血がついていた。それに、若い女だった。

「またいつでも言って下さい。ところで、いくつですか？」

「十七歳です」

「じゃあ一つお姉さんですね」

「嘘っ！　年下なの？　嫌だぁ」

武は心に花が咲いたように感じた。初めてのことだった。

北軍の優勢は続き、テグまで南下してきて、いよいよ釜山が最後の砦となる様相になってきた。郭達南軍は打つ手がない。

その頃、金日成は李承晩に連絡をよこしていた。

「今、負け戦を認めたならば、当然領土は我々のものだが、お前の命は助けてやる」

既に釜山へ逃げ戻っていた李承晩は激怒したが、領土も守りたい。やっと幹部の意見に耳を貸し〝金シャクゲン〟を元帥に指名した。時既に遅かりし、かと思われた。

武が病院に来てひと月あまり。戦況が耳に入る度、胸が痛くなっていた。あの若い看護婦が〝ユジン〟という名で、市内の大きな会社を経営する社長の娘らしいと分かった。

ある日、またベッドの直しを頼みに来たので現場に行くと〝サンオク〟と名乗る若い兵士と出会った。修理は彼のベッドだった。

武は、郭に何度か戦場に行ける様に頼んだが「市内で力になってくれ」と言うばかり。

「すまない。直してくれるの？」

「直ぐですから」

「俺はサンオクと言います。二十歳」

「僕は武。十六歳です。よろしくお願いします」

「日本人なんだな。こんな所で珍しいなぁ。何かやらかしたのかい？」

「いいえ、とてもお世話になった方が軍の方なので、お手伝いをしています。本当は、サンオクさんみたいに前線へ行きたいのですが」

「何を言ってるんだ。前線はとても厳しい所なんだぞ。こっちは大した武器がないもんだから、北の戦車隊にいい様にされてる。ほら、この様だ」

と、サンオクは腕の包帯を見せた。

「そうでしょうね。この病院だけではなくて、多くの方が負傷されたり、戦死されていることは承知しています。でも、僕も何に駆り立てられているか解らないですが、無性に戦いたいのです」

「それはだな、お前に守りたいものが出来たからさ。武君〝ユジン〟に惚れているだろ？　彼女のこと守りたいのさ」

「そ、それは、その……だけじゃなくて……」

そこへユジンが。

「何話しているの？　修理は終わったのかな？　武君、ちょっとどいて。サンオクさんの包帯換えなくちゃ」

左腕の包帯を取ると、全体が赤く腫れていて真ん中辺りが黒く盛り上がっていた。武がそれを見ていると、

「貫通したんだよ。鉄砲玉が」

少しふてくされ気味。

「良かったじゃないですか。胸や頭じゃなくて、これくらいは軽傷よ」

「おー、怖い看護婦さんだ」

ユジンが他者の看護に向かうと、

「武君。この程度なら、あと一週間したら叩き出される。そしたら俺はまた前線へ行くんだ。

俺の意思でな。今、韓国軍は無茶苦茶だ。どうせ死ぬなら仲間と逝きたいのさ」

「サンオクさん。僕も一緒に連れていって下さい。僕の意志です」

「バカ！　死んでも知らないぞ」

若いエネルギーは時に暴走する。

サンオクは、自分の青春期と重ね合わせていた。

『俺は、散々親に逆らって迷惑をかけて暴走していたが、彼には心配させる両親もいないのか』

「武君。ユジンに頼んで他の患者の名札をもらうんだ」

「そうか。その人になりかわるのですね」


その日の夕方、ユジンの仕事が終わるのを待ってサンオクのアイデアを告げた。

「あなた達は何を考えているの！　知っているでしょ。此処でも千人以上の方が負傷や戦死で担ぎ込まれているの。これ以上は嫌よ」

「ユジンさん。誰かがやらなきゃこの戦争は終わらないし、貴女達を守れない。仲間が力を合わせて戦わないと国がなくなるんだよ。そうなったら、この戦争で先に亡くなった人達はどう思うでしょう。再興を信じて戦った方達は」

ユジンは「考えてみる」と言って背を向けゆっくりと帰路についた。

翌朝、

「おはよう。武君」

「おはようございます。昨日は……」

と、言いかけたところで、

「昨日と同じくらいには仕事を終えるから、待っていてくれる？　私の家に来て欲しいの」

「……？　はい。分かりました」

残暑のせいで中々汗は引かないが、ユジンの家に向かう二人の影は長く、街はセピア色に染まっていた。

「上がって頂戴。遠慮しないでいいわよ」

「失礼します」

玄関を入った時少し香った花が、廊下の調度品の上に品良く生けられていた。何の花だろう。ユジンは武そっちのけで、食料を台所のテーブルに次々に並べていた。

「武君。少し時間を下さいね。夕飯を作るからゆっくりしていくのよ」

武は戸惑っていた。昨日の返事を待っているのだが、一向に話題に上らない。時間が掛かるから、庭の草を刈ってシャワーを浴びてくれと言われた。

『あとで結論をもらえるなら言われた通りにしよう』

料理が出来上がった。シャワーを頂いて、着替えを持っていなかったので、ユジンの兄の服を着せられた。

台所へ行くと沢山の皿の上に、和え物やキムチ、石持の焼き魚、数種類の野菜のサラダと辛味噌、焼いた豚肉の〝サムギョプサル〟がある。

ゴクッと喉が鳴る。

「お腹が空いているでしょう。さぁ、召し上がれ。ゆっくり食べるのよ」

「ご馳走ですね。頂きます」

二人は食事をしながら、病院のことやこの戦争のことを話し合った。

「武君。いつもはママと暮らしているのだけど、今日と明日は会社のパパの所へ行っているの、彼女。だからゆっくりしていってね。それと、帰りに頼まれた〝名札〟を渡します。病院で誰かに見られたら困るからここへ来てもらったの。最後になるかもしれないし……。本でも読んで待ってて」

ユジンはスッと奥へ消えた。


武は思う。名札を渡されたら行くしかない。彼女も覚悟の上で誰かから譲り受けたのだろう。済まないことをした。自分は本当に独りぼっちになってしまった。キク婆ちゃんが、あっけなく逝ってしまった。生きているのか分からない父さんの顔、すずという母さんの顔……思い浮かばない。心で繋がっている郭父さんだけが、今の僕の支えだ。それに……。

シャワーを浴びたのか、彼女はショートの髪を拭きながら現れた。何も言わずに武の腕を取った。

「えっ！」

無言で薄暗い廊下の奥へ向かう。何故か武は下半身に熱い感覚を持った。

ユジンの部屋に入る。ドアはまだ閉まっていない。素早く武の両脇に細い腕がスルリと伸びた。彼の鼓動は激しくなり、思わずユジンを抱きしめた。ユジンが顔を上げる。少し驚いた仕草から一転、目を閉じた。武は初めてキスをした。小さな唇は少し湿っていて、弾力があった。息が上がりそうになる。彼女は離れてベッドに招く。武はぎこちなく歩み寄った。

そしてまた、口づけを交わした。二人は裸で横たわり、夢のような時間を共有した。

「嫌じゃなかった？」

「いいえ。嬉しかったです」

「無理しないでね。戦いが終わったら、私の所へも帰ってきてね」

「ありがとう。……必ず貴女を守ります」

玄関先で名札をもらい受け、三度目のキスをした。ユジンの潤んだ瞼にも。

天には目映い大小の星が、二人を祝福しているかのように煌めいていた。

第四章　若き兵士

サンオクと再会してキム・セファンとして計画通り軍に紛れ込んだ。その頃の戦況は酷く、テグまで攻め込まれ多くの犠牲者が出ていて、補充の兵士が必要だった。

「キム・セファン」

「はいっ！」

「君は病院ではなかったのか？」

「伍長！　こいつは回復が早く、もう一度前線へ行くと言って聞かないのであります」

「お前と同じだな。サンオク！　よし、それじゃ行くぞ。慶州まではトラックで送ってやる。その先は地獄だぁー。行け」

九月九日。オンボロトラックは追加兵五百名を乗せ、慶州へ向かう。

「サンオクさん。さっきはありがとう」

「なぁに、伍長も解っちゃいたが、士気を高めるための芝居だろう。一人でも欲しいのさ。道連れがな。な、セファン君」

慶州に着いて驚いた。ほとんどがテグへ出征して守りが出来ていない。裏をかかれたら全滅じゃないいか。我々が加わっても難しいぞ、これでは。

翌日の正午、金シャクゲン元帥率いる、二百名の韓国人で構成された旧日本軍が到着した。サンオク達は驚いた。我々とは全く違う戦闘員達だ。これが〝職業軍人〟なのか。

整列した彼等は等間隔で指揮官に注目し、顎の角度まで同じだった。厚い胸と冷静な眼差しは、どのような命令をも遂行する意志の表れのようだ。実に頼もしい限りである。

金元帥は、韓国を代表する李承晩に呼び出された。

「金元帥、君も承知だろうが敵はテグを占領し、慶州を経由して此処釜山に迫る勢いだ。何とかしてくれ」

「分かりました。私にお任せ下さい。但し、旧日本軍人の登用許可を！」

「好きにしていい。頼む」


金元帥は、水を得た魚の様に動き始めた。既に立てていた作戦を実行に移すため、アメリカのマッカーサー元帥と打ち合わせをした。同意を受け、予め準備させていた旧日本軍の兵士を召集。翌日に慶州入りを果たした。

金シャクゲン元帥は、残留兵と三日前に到着したサンオク等五百名、そして本日到着した二百名を集めて命令を出した。

事前に幹部達とは打ち合わせを済ませており、さらに、釜山にいる郭達本部の指揮官等にも、出発前にこの作戦を伝えている。

「諸君！　今の戦況は、知っている通り壊滅状態である。何十万の同胞の命が奪われ、数万の国民が倒れてしまった。思い偲ぶ間もない。ここに私は宣言する。諸君等の力を借り逆転を図る。転じてソウルを奪還し、三十八度線を大きく北上し、金日成の息の根を止めてみせる。総力を挙げて作戦を遂行すべし！」

千数百名は吠えた。

「ウォーッ！　ウォーッ！　元帥！　元帥！」

「よし。よく聞いてくれ。まずこの中より足の速い者を二百名ほど選抜せよ。残りは、一足先に一旦釜山へ向かう。選抜された二百名は敵の戦車隊を引きつける。そして合図が出たら、指揮官と共に逃走して欲しい。命懸けだぞ。その後は任せてくれ。以上」


二日後の朝。

「来ましたよ。奴等。ぞろぞろと五十両の戦車と兵が二千くらいらしいですよ」と隣の兵士に囁かれる。

サンオクが、

「ビビるんじゃないよ。元帥が言ったろう。俺達は走りゃいいんだ。撃ち合ったら大砲には敵わないから、命懸けで走るんだ」

「俺も足には自信があります」

と、セファン。

「でも、大砲には負けるだろう。ハハッ」

「音がしてきましたよ」

戦車の音だ。〝キュルキュル〟と甲高い。

「奴等囲もうとしているな」

と、サンオクが言った矢先、命令が下る。

「砦を出て南へ移動。ゆっくりでいい。トラックに分乗しろ」

戦車隊もゆっくり距離を保ってくる。

「元帥の言われた通りだ。囲むまでは撃ってこない。しかし時間の問題だな。奴等もいずれ痺れを切らす」

東海岸に向かう様に進み、慶州とウルサンの中間くらいに来た時、「海岸へ向かえ！」と、第二の命令が出た。速度を上げる。戦車部隊もしつこく追ってくる。

「もっとスピードを上げろ！」

トラックは一気にスピードを上げて海岸へ向かう。

「この辺の海岸は崖ですよ」

誰かが言う。

戦車隊は遅れ始めたが追ってくる。しかしまだ発砲はしてこない。緊張が高まる中、最後の命令が下る。

逃走するトラックが海岸の端まで来たとき、

「全員、武器、弾薬を置け。トラックを下りて南へ走れ。速く！　速く！　死にたくなかったら走れ走れー！」

指揮官も一緒に走った。そういうことかと走りながら理解した。

乗り捨てたトラックの先は海。その洋上には、なんと無数のアメリカ艦隊が整然と朝鮮軍を待っていたのだ。

戦車隊は慌てたが時既に遅し。一斉に艦隊の砲火を浴びたのだった。日本のバズーカに耐えた彼等だったが、艦隊の大砲には敵わない。僅か数十分、戦車部隊は壊滅して残りの歩兵は攻めきた道を反転し逃走することとなった。金元帥は、予め逃走路に伏兵を置き彼等を全滅させた。

元帥は「全員を殺すな。連絡役に残しておけ」と、指示した。

走った二百名は無事慶州に戻り、大逆転の行進が始まった。


熊さんが大きな欠伸をした。事務員の淹れてくれたお茶を飲んで、

「社長！　南はまだ負けとんですか？」

「いーや。旧日本軍の元帥が逆転に導いたと言っているぞ。危なかったなぁ」

「おぉっ、そうでっか。ほんまに心配しましたわ。武は生きているんやろうか」

「釜山なら大丈夫だろう。慶州で持ち直したっちゅー話じゃないか。まさか、鉄砲持って走ってりゃせんやろう」

「分からんですよ。あん子は。ところで社長、次から李君を乗せますよって」

「うむ、ええやろ。熊！　二度目はないんやで。分かっとるな」

「へぇ……。すんません」

熊は頭を掻いた。

金元帥の指揮で、今度は韓国が怒濤の追撃を続けた。テグ、テジョン、坦々と取り戻して行った。また、綿密な補給作戦が不可欠で釜山本部の郭隊長がそれに当たっている。連合軍の物資は日本を経由して持ち込まれ、勿論日本からも〝明神丸〟他、総出で運搬される。迅速に前線へ届けることが使命とされる。慶州方面へ迂回せず、直接真北へ、テジョンを目指す経路が取られた。

サンオク達は旧日本軍人等と進撃を共にした。何もかも教わることばかりで驚いた。日本軍は強いはずだ。

参戦して二ヶ月。慶州の逆転劇から全戦全勝の勢いは止まらない。

「武。いや、セファン。もういいんじゃないか？　君の目的は半島を取ることじゃないだろう。郭のおやじさんの力になったし、敵を払って〝彼女〟を守ったじゃないか」

「それは出来ません。此処まで来て用済みはないでしょう。今帰れば臆病者ですよ。彼女も怒るでしょう」

「あのな。負け戦のドタバタだったから、うまく入隊出来たけれど、近いうちにお前の身元が分かってくる。あの伍長は戦死したけど、いずれ判明する」

「このことを考え出したのはサンオク兄さんじゃないですか。それはあんまりだ」

「なぁ、武君。聞くんだ。俺はこの戦争が始まる以前は、自暴自棄で手がつけられなかったのさ。自分の天下だった。ある日突然、銃を持った兵士達が戦車を盾に侵攻してきたんだ。

三日でソウルは陥落した。悲惨だったよ。目の前の人々は銃弾に倒れ、街ごと戦車部隊に呑まれたんだ。家に帰る間もなく逃げに逃げたんだ。家族はだめだろう。そして頭の中のもやもやがぶっ飛んだって感じ。親類を頼ったけど、歓迎されるはずもないし。そして、銃を取ったのさ。親類の推薦で。死に場所を求めたのかもしれないなぁ。でも、君は既に目的を果たしたはずだ」

確かに、郭父さん家族は自分が釜山に住むことを勧めてくれている。ユジンとも結ばれたい。

韓国軍は順調だ。本当にサンオク兄さんの言う通りにしてもいいものか。自分の意志が定まらない。

十一月に入り、テジョンを固めた韓国軍は明日いよいよソウル奪還に向かう。

その夜、満天の星の下で武とサンオクは寝そべっていた。

「この先どうなるのだろう……。俺の親父は十五年前に日本へ行ったきりで連絡もない。ソウルで書店をしていたお爺さんと母、あの中では逃げ切れていないだろう。俺一人が此処にいる。卑怯な男だろう」

珍しくサンオクが弱気になっている。

「攻撃の中では仕方がないですよ。でもソウルはもうすぐです。探しましょう。何だか色んなことがありすぎて整理がつかない感じです。故郷の益田を出てから、まだ一年と少しです。時間の速さについていけていません。僕達生きているんですよねぇ？　サンオク兄さん」

翌朝、出発前の点呼が終わった時、小隊長に「金セファン！　前へ」と呼ばれた。

「はい！」

「金セファン。本部からの命令だ。釜山へ帰れ！　本日貨物隊と一緒に出発せよ」

「はい！」

とは言ったものの、どうしてなのだろう。

「サンオク兄さん。急なお別れです。命令だったら仕方ありません」

「元気でな。楽しかったぞ。三日後の新聞を見るんだ。そこにはソウル一番乗りの俺の記事が出ているからな」


夕方、武達は釜山の本部に着いた。早速本部に向かう。ドアをノックして中に入る。隊長の前に立つが隊長は文書に目を通したまま顔を上げない。

「君が金セファンか？」

「はい！」

ゆっくり隊長が顔を上げた。

「うむ、私の息子によく似ているなぁ。戦功は聞いている。一週間の休暇を与える。実家へ戻りゆっくり休め。以上！」

武は敬礼をし下がった。とぼとぼと郭の家に向かった。病院へ行きたかったが命令を守った。

郭の両親は大喜びで武を迎えた。

「武君。よく無事でした。心配してたんよ。もう三ヶ月になるから……さぁ、食事食事」

「その若さで前線へ行ったのか。この国のために戦ってくれたんだな。ありがとう。心から礼を言わせてもらうよ。婆さん、タケシは武士の〝武〟だ。良い名前だな。ずっと此処に居てくれよ。私は武のお爺さんになりたいんだよ」

武は胸が熱くなった。

「心配をかけてすみません。正直に言うと恐ろしかったです。でも、サンオクという兄さんが居てくれて、いつも助けてくれました。父さんは……怒っているでしょう」

郭は、翌々日久し振りに帰宅した。武の頭を「ゴツン」として両親の前で言った。

「よくやった、武。我が家の誇りだ」と。

武は涙が出た。

色んな話をした。中でも、金元帥の作戦に触れると顔をくしゃくしゃにして振り返っていた。お爺様もお婆様もくしゃくしゃになっていた。

明朝になって、父さんは日本の貨物船が攻撃されたことを話してくれた。

〝明神丸〟ではないようだ。

武は気になり、特にすることもないので港へ向かった。思い出の場所だ。

第五章　決断

冬が近づいている。風が冷たい。波が高いのか、小舟が大きく揺れている。

「武君じゃないか？」

「あぁ、元さん……」

これはまずい。紹介してもらった病院を抜け出していたのだ。

「す、すみません。勝手な真似をして。本当に申し訳ありませんでした」

と、その件を謝った。

「まぁまぁ。武君達が慶州に向かって十日で大勝利。あんたとサンオクのことで盛り上がったぞ。セファンは大変だったが。勝利のお陰でお咎めなしだったよ」

ユジンの所へ行く予定だったが、元さんに飯を奢るからウノさんの店に行こう、と誘われた。


元は確信していた。武は紛れもなく自分の孫だと。

先日、慶州の大逆転の後戦況が一段落したので、今までの苦労を労って兵舎内で小さな宴が開かれた。わしも呼ばれた。あちらこちらで労いの言葉をかけていた郭隊長は、わしを見つけると、

「元さん。心配を掛けましたが元帥の作戦に救われました。皆さんの日頃の働きのお陰です」

「とんでもない。わしは恥ずかしい。貴方の大切な息子さんを見失ってしまった」

「いいえ。元さんのせいではありませんよ。彼は無事ですし、居場所も分かりました。若さゆえでしょう。近く帰還命令を出します」

隊長は気を許したのか、日本への漂流のことを話してくれた。

益田の飯浦といえば正に自分の古里だった。

元は衝撃を受けるが、まさか名乗るわけにもいかない。このまま見守ることが一番良いのではないか。


小路を山手に取って歩いてゆくと、いつもの看板が目に入る。

「こんばんは」

元が戸を開ける。

「今日は珍しい方を連れてきたよ」

「元さんこそ珍しいわよ。あら！　武君じゃない。ようこそ。何だかとても逞しくなったわね」

前にここでお世話になってからのことをウノさんに話した。

「元さん。武君は立派だわぁ。益々うちの息子にしなきゃ」

上機嫌で料理を作ってくれた。

元は思う。本当に立派になったものだ。

『親はなくとも子は育つ』と言うが、全くだ。郭さんが言っていた。すずが出て行ってキク一人で育てた。そこへ運良く郭さんが現れてくれた。奇跡としか言い様がない。そしてわしとこうやって食事をしている。

神様はおるんじゃやな～。

翌朝起きて、掃除の他、僅かな大工仕事をこなして家を出た。風は冷たく頬を撫でる。カサカサと落ち葉の舞う季節になっていた。今日こそユジンに会う。

二十メートルおきに樹木の植えてある通りを歩く。夏場には生き生きと茂っていた葉が、今は半分くらいになっている。

病院に着く。以前の光景からすれば負傷者は減っているが、重傷者が多いようだ。彼女の姿は見えない。他の看護婦に尋ねてみた。

「すみません。ユジンさんは出勤していませんか?」

「貴方、椋木君ね。いるわよ。呼んでくるわ」

彼女はニコニコしてユジンを呼びにいった。

暫くして二人が現れた。ユジンは恥ずかしそうに上目で武を見ていた。

「帰ってきました。命令が出たので」

と、少し言い訳をした。ユジンは無言で武の手を引き物陰に誘った。そして、

「おかえりなさい。良かった、生きていてくれて。怪我もないのね」

ユジンの唇は震えている。真っ直ぐに武の目を覗く。少し顔色が良くないのは気のせいだろうか。

「貴女のお陰で、サンオクさんと一緒に戦うことが出来ました。最初は怖かったですが、皆さんに勇気をもらいながら成長していったと思います。ありがとうございました。それから……」

「武君。お昼にしましょう。今日は早退しちゃう。入り口で待っていて」

魚を食べたいと言うので、ウノさんの店はやめてチャガルチへ行くことにした。道々、大きな市場を通る。衣服、靴、鞄、ベルト、時計……色んな物が山積みで売られている。ふと、彼女を捜すと、一店の軒先に居た。何を見ているのか。肩越しに覗くと小さな靴下や可愛い洋服などの店だった。

「小さすぎないですか？」

「武のバカ！　行くわよ」

今日は機嫌が悪そうだ。

「さて、何にしますか？　水ダコが美味しそうですよ。牡蠣も良いのがある」

「生ものはいらないわ。刀魚と石持を焼いて食べたい」

「好物が変わりましたか？」

「ねぇ武君……聞いて。赤ちゃんが出来たかもしれないの。いいえ、心配な訳じゃないの。もし、そうだったら私一人でも育てていける。ただ、あなたの気持ちを聞いておきたいだけ」

「……正直実感がありません。結婚はしていない。ユジンさんのこともよくは知らない。だけど、僕は戦地でずっとユジンさんのことを思っていました。だから、臆せず何でもやれたと思っています。突然なので上手く言えませんが、嫌でなければ一緒に暮らせたら良いと思います。僕自身もまだまだ子供ですが、家族のために働くことは出来ます」

「そうねぇ。ママに言ってみるわ。武君には迷惑は掛けないから心配しないで。ごめんなさい。お魚が冷めちゃった」


その夜、武は眠れないまま朝を迎えた。休暇最後の日、何もすることはない。

町内パトロールでもするか、と外へ出た。

どうしたものか、子供に子供が出来るなんて。僕は十六歳、ユジンは来月で十八歳……。働けば何とかなると思ったが仕事はあるのか。父さんに何て言えば良いんだ。一回で出来るものなんだ。武は一人で赤くなった。下半身が疼いたからだ。『会いたい。ユジンに会いに行きたい』

休暇は、あっと言う間に終わった。

また郭隊長の前に立っている。今日は誰もいない。

「どうするか……。前線にはやれない、かといって人手は必要になっている」

武が隊を離れて僅か十日。見事にソウルを取り戻していた。破竹の勢いである。補給が急がれている状態だった。

「まだ軍で働く意志はあるか？」

「はいっ！　何でもさせて下さい」

「ならば、物資の引き取り管理を手伝ってもらおう」

ニッと笑って応えた。

物資のほとんどが釜山港へ着く。それを仕分けして、本部の倉庫へ運び管理するのだ。明神丸も来るはずだ。

「武君」

「あっ、元さん」

「立派な制服じゃないか」

「はい。軍の仕事をしています。荷物の管理です」

「そうかい、それは良かった。港にも行けるなぁ。まだタバコはやらんか？」

「すみません。まだその気は……。元さん、今夜どうですか？　今度は僕が奢るので、ウノさんの所へ行きませんか？」

「おぉっ、そうかい。ならば是非ともお供しなければなるまい。わしの運転で……ハハハ」

夕方五時を回れば暗くなる。寒いときのサムゲタンは格別だ。

「珍しいな、武君からお誘いなんて。何かあったのかい？　同じ日本人じゃ。遠慮はしないでくれ」

「ありがとうございます。実は……僕が元さんに黙って隊に入る前、ユジンと色々ありまして。彼女が言うには『赤ちゃんが出来たかもしれない』と……」

「ありゃ！　たまげた、そりゃ。日本でも戦地に向かう前には色々あったんじゃもの。その娘の気持ちも解らんでもない」

「好きだったのよ、武ちゃんのことが」

突然ウノが割って入った。二人は驚いた。

「聞くつもりはなかったけど、二人とも声が大きいから。それに興味あったもの。ごめんなさいね」

「いいんです。ウノさんにも聞いてもらうつもりでいましたから」

「あら、嬉しいわ。息子だものね」

「わしじゃ頼りにならんのか⁉」

と、元はからかった。

「元さん、こんな時にからかうもんじゃないわ。考えましょう、三人で」

「で、郭さんにはまだ話しておらんな」

「はい。百％デキているのかまだ分からないので。僕は臆病だから慌てているだけです」

「武ちゃんは正直ね。私が若かったらお嫁になってあげるのに」

「こらっ！　ウノさんもふざけないで」

「まずはユジンの意志ね」

と腕組みをするウノ。

「彼女の父親が何て思うか……。大きな会社の社長らしいからな。メンツを張るかも分からんぞ」

元は額にシワを寄せた。

「ユジンは一人でも育てると言っていますが、僕は彼女さえ良ければ一緒に暮らしたいと思っています」

武の表情は真っ直ぐでくもりがない。

「武ちゃん。彼女もそう思っているわ。一人で育てるなんて、言ってみただけよ。武ちゃんへの配慮の言葉よ。武ちゃんが一途なら彼女はＯＫするでしょう。そして二人でご両親の元へ行くのね。ねぇ、元さん。そうでしょ？」

ニッコリと元を見る。

「なんや一人で持っていくなぁ」

元とウノは、それぞれ自身の青春時代の頃を思い返してみた。

「元さん。あなた少しくらいはヘソクリがあるでしょ？　私も出すから、武ちゃんに結婚指輪を買ってあげない？」

「それは良い案だ！　お祝いにお金を、と思ったけれど、それは良い考えだ、ウノさん」

十二月。クリスマスを間近に、街は日に日に輝いてきた。ユジンの妊娠が確かなものに変わった。

「やっぱり間違いなくお腹に子供がいるわ。武の子。私、嬉しいのよ。本当に」

「お母様は知っているの？」

「えぇ。ママも感じていたみたい。でも反対じゃないのよ。女性はいつか経験すること。善悪じゃなくて〝プロセス〟だって。ママが言ったわ。『貴女にそんな勇気があったなんて嬉しい。でもちょっぴり羨ましいわ』って。私、何だか泣けてきた。いつも反発ばかりして困らせてきたのに、そんな風に言われたら」

と、涙をこぼした。

「あと、パパのことは大丈夫って言っていたわ。家では断然ママが強いの」

「では、早い時期にお二人に報告します。そして、結婚の許しを承けます」

「ありがとう。本当に良いの？」

「はい！　あと、これ……」

と、指輪を差し出した。ユジンが箱を開け、

「武！　息が止まりそうよ！　貴方は子供じゃない。紳士よ。大好き！」

ユジンは子供みたいに跳ねて武に抱きついた。


新しい年が明けた。韓国軍は、ついに三十八度線を越え侵攻を続けている。

金シャクゲン元帥の吠える声が聞こえてきそうだ。

サンオク兄さんからの手紙が本部に届いた。宛名を見て、郭隊長も笑っていた。

「これは椋木君への手紙だろうな」

と言って渡してもらった。

『釜山本部気付け　旧姓　金セファン　本名　椋木君へ』となっている。武も大笑いした。

『武、元気でやっているか？　金セファン事件のことで怒られたか？　俺のせいにしていないだろうな？

お前と別れて十日でソウル入りを果たした。街は悲惨だった。爺さんと母さんは、やはりだめだった。近所のおばさんの話によると、二人とも戦車の砲撃で一瞬だったそうだ。俺は独りになったよ。だがな、心は折れていないぞ。この戦いが終わったら、武とマッコリを呑んで語ろう。べっぴんのユジンに宜しく』

良かった。兄さんは生きていた。独りになったんだな。一時の僕みたいに。

武はサンオクの心中を慮った。


一方、軍の隊長である郭昌宇は、日記にこう記していた。

『武は今年で十七歳になる。年はいっていないが、組織感というか良いセンスを持っている。物事を俯瞰《ふかん》出来る。大物になるかもしれない。大学に入れてやりたいと思う』と。

旧正月、武は李家に呼ばれた。前に武が訪ねた家ではない。会社の近くに佇む豪邸である。門構えも相当だった。武は思った。

『この門だけでも、益田の我が家くらいはあるなぁ』と、笑えた。

中に入れてもらい、玄関横の大きな部屋に通された。これまた大きなソファーが二つ向かい合っている。鹿の剥製の下には大きな青磁の壺、向かいの壁には立派な書が飾られている。

ユジンがお茶を持って入ってきた。

「ごめんね。遠かったでしょ。今日は来てくれてありがとう」

と言って隣に座った。

今日の彼女は、今までで一番キレイだった。

直ぐに両親が来て簡単な挨拶の後、座った。

「椋木武さんです」

と、ユジンは二人に紹介した。武は立って、

「初めまして。お招きありがとうございます」

と、一礼。

「座りなさい」

と、父親。目元が赤いのは、少々酒が入っているのかもしれない。

「そうか。早速だが、本心を言わせてもらうよ。私としては、やはりユジンを任せることは出来ない。日本から来て、その若さで子供を作り、はいそうですか。と言えると思うのかね!?」と、父親は少々苛立っていた。

「……」

「パパ、子供のことについては私に責任があるの。武さんのせいじゃないのよ。解って！」

「そりゃ若い二人だし、今の国の事情を思えばありそうなことだ。しかし、私はその件に関して言っているんじゃないんだよ。子供を育てるということは大変なんだ。病気や怪我から守らねばならんし、食べさせてもいかなきゃ。それに教育も大切だ。学問だけを言うんじゃない。人間としての教えも含めてだ。それが君に出来るのかね⁉」

「パパ……」

しばらく武は目を閉じて上を向いた。そしてユジンの父に向き直りゆっくりと口を開く。

「……確かに私は、祖母一人の手で育ちました。ろくな教育も受けてはおりません。幼少の頃は言葉も話せない時期もありました。小学校へも行っていません。文字や易しい計算、山や川の生き物、植物、畑づくりはほぼ郭父さんから教わりました。程度としては低いと思います。でも、仕事を頂いて懸命に働けば、生活していくことが出来ると思います」

「いいかね武君。私は努力だけで今の地位を得たわけではないのだよ。人との繋がりや、時代、運も良かった。そのタイミングを逃さないためには、学問で得た知識と、想像力が不可欠なんだ。今の君にはあるのか？　それが」

「……ありません」

「パパ！　ひどいっ」

ユジンは涙している。

「だとしたら、どうする。子供はうちで育てた方が良いと思うのだが」

「あなた。それは可哀相よ。私たちが二人の手助けをすれば良いじゃない。ねぇ、ユジン。

武さんと暮らして困ったことがあったら、相談に来ればいいことですよ」

と、母。

「だめだな。子供はちゃんと育たないだろう。我が家に置くべきだ」

「僕が一人前でないからとおっしゃるのでしたら、何も反論は出来ません。李さんのおっしゃる通りです。僕はユジンさんのことが好きですし、子供も愛おしい。二人のためなら懸命に勉強して、努力して大人になります。それまで待って頂けませんか?」

「……」

「二人で話を決めないで! 私はここを出て、武さんと二人で子供を立派に育てるわ。もうすぐ十八歳、大人の仲間入りなんだから」

「何を言ってるんだ!」

父親が強く言った。

「あなた! もうやめて。あなたも若いときはあったのよ。私は苦労したわ。でもユジンは立派になったじゃない。あなたの仕事の成功のお陰だけじゃないわよ」

「……確かにお前はよくついてきてくれた。だが……」

「あなた。武さんとユジンを信じてあげましょうよ。あなたが武さんを立派にすれば良いじゃない。息子だと思って」

「パパ。私は二人の子供に生まれて幸福よ。信じて下さい。愛情は受け継がれます。この子を愛して愛してやまないわ」

「そうか……私にもそういう時は確かにあった。母さんと必死でお前を育てたんだ。……武君を信じてみるか」

李は武に何かを感じ取っていた。まだ若いのに冷静さを失わない態度、挑発的ではないが真っ直ぐな視線は、心を射抜く力を持っている。何を置いても、希望に満ち正直な所が良い。本当にこの男を育て上げたいと思った。

「武君、いろいろ言ったが娘を手放す父親というものは未練がましいものなのだよ。一言くらい言わないと気が済まないのだ。そう取ってくれて構わない。この我儘な娘をよろしく頼む」

武は思った。これが父親の像なのか。

「お義父《とお》様、お義母《かあ》様。ありがとうございます。私は努力して、その幸福を求めてまいります」

母親は黙して聞いていたが、

「パパ、私も嬉しい。パパのことがもっと好きになったわ。武君、ユジンをよろしくね」

目をうるませながら言った。

食事を頂き、親類、兄弟も居たので、早々と帰ることにした。

武とユジンは、旧正月の終わりの日、郭の家で父さんと父さんの両親を前にして懐妊の報告をした。三人はユジンから今までの経緯を聞いた。

「そうか。縁と言うものだな。二人なら大丈夫。しっかりと育ててあげなさい」

と郭が言うと、郭の母親が、

「まぁまぁ。驚いたけれど、おめでたいことだわ。この家には部屋が二つもあまっているし、二人が忙しいときは私たちが見てあげますよ。遠慮はしないで」

「婆さん、まだ早いよ。そういうことは二人で決めたら良い。ただ、わしとしては此処に居て欲しいんじゃが。なぁ昌宇」

「あら、お爺さん。私と同じこと言っているわよ」

郭は言った。

「二人とも、よほど嬉しいのですね。武は不思議な男の子です。何かに守られているような。彼のお婆さんは手を合わせてよく言っていました。『苦労は何ぼでも受けさせてもらいます。神様、最後は平等ですけぇの』とね。三年前までは、武の家は苦労の連続だった。これから先良いことが沢山あるんだよ。神様の平等が始まったんだ」

「郭父さん。僕は父さんが神様のような気がするのです。あの朝『おはよう』と井戸端で声がした。その時、お父さんとお爺さんが帰ってきたのかなと思いました。婆ちゃんの見えない目を治し、口のきけない僕を話せる様にしてくれた。そう思っても仕方ないです」

「武。私は武の親父で良い。神様に失礼だ。私にもすることがあるんだ。それは、君たち二人の子供のお婆さんを見つけること」

郭の家からユジンを送る帰り道、春の香りを感じながら歩く。

「ねぇ武。不思議だと思わない？　貴方が病院に来なければ出会うこともなかった。元さんが紹介してくれたのよねぇ？　あの方と何か縁があるの？」

「いいえ、日本人ということ以外は」

「そう。日本人は皆似ているのかなぁ。元さんと武は結構似ているのよ。元さんね、貴方がいなくなって大騒ぎをしていたの。それに、私が武を好きになったことも見抜いていたような気がするわ。優しい目で私を見てくれる。何か温もりを感じるのよ」

「ユジンの人柄じゃないのかな？」


劣勢であった朝鮮軍は、中国の傭兵数十万人を用意して巻き返しを図っている。泥沼化の様相だ。

月に二度、釜山港へ行って荷物を引き取り、本部倉庫へ納めて管理する。各地からの要請があると仕分けして出荷する。武はこつこつとその任務を果たし信頼されていた。

七月の釜山港。貨物の引き取り日。以前のような緊迫感はない。何気なく今回の貨物船を見ると〝明神丸〟とある。

『熊さんが乗っている船だ。どうしよう。あの時迷惑をかけてしまった。どんな顔で会えばいいんだろう……』

その時、青年が無言で駆け寄ってきた。

『あっ、クワンヒョンだ！』

声は出さない。青年は武を見ると、息を切らしながら小声で、

「兄さん。武兄さん。良かった、ご無事で。会えて良かった」

「クワンヒョン、久し振りだ。大きくなったなぁ」

「兄さんも、お変わりないですか?」

「ありがとう。嫌がっていたのに、船に乗ったんだな」

「兄さんのせいですよ。熊さんに脅されました。『武の件はお前もいっちょ噛みしてるんやで』って」

「クワンヒョン。熊さんに言っただろう、俺のこと。チングじゃないのか?」

と、言ってニッと笑った。

「兄さん。熊さんは僕の父さんみたいなもんさ。親に内緒はないでしょう」

「こいつ~。熊さんも来ているんだろ?」

「今回は乗っていません。出世して、今は社長の片腕として本社に居ます」

「そうか。時間あるだろ? 食事に行こう」

「兄さんの奢りですよね? ありがとうございます。ラッキー」

二人は急いでウノの店に向かった。

「それで、兄さんの子供はいつ生まれるのですか?」

「もうすぐだよ。俺が七月二十九日に生まれている。同じ頃かもな。変な気持ちだ」

「なんか運命ってやつ、感じますね」

「お前も頑張っているんだな。前に日本の貨物船が攻撃されたって聞いたけど、大丈夫だったのかい？」

「あぁ〝西海丸〟でしょ。沈没はしなかったのですが、死人が出ました。これは戦死になるのでしょうか？」

「それは分からない。俺は一度、偽名を使って前線へ行ったことがある。本当に恐ろしい所だった。人と人が殺し合うなんて絶対にあってはならない。二ヶ月近く軍に居たが、郭父さんに呼び戻された。正直ホッとしたよ」

「ゲッ、無茶しているじゃないですか。このこと熊さんに報告しないと」

「やめてくれよ！　今度会った時俺から言うよ。ところで、次はいつ入港だ？」

「このところ、うちの船を使ってくれる所があまりなかったんです。〝西海丸〟の件以来、社長が避けていたのかもしれません。でも、安定してきたので月に一度は来るかもしれません。今度はお土産も持ってきます。楽しみにしていて下さい」

「分かった。荷受け場の上司にでも訊ねておくよ」

「時間です。早く戻らないと誰かさんみたいに置いていかれます。ハハハ」

「こらっ！」

第六章　愛しき日々

夏の盛り、七月二十七日。太陽が顔を見せた時分に産気づいたユジンは、朝九時二十三分、太陽が天上へ向けて加速する頃、元気な男の子を産んだ。

仕事場で連絡を受けた武は出産後の十二時過ぎに病院へ到着、すぐにユジンの元へ行った。

「どう？　可愛いでしょ？」

「……うん」

武は目を丸くして長い時間我が子を見つめていた。

「フフッ。赤ちゃんて最初はしわくちゃなのよ。抱っこしてみて」

武の眉毛が八の字になった。

「軽いんだ。こんなに」

「貴方だって同じよ」

ゆっくりした会話、冷房もない部屋が清々しいのは二人の幸福感のせいだけではない。武は気付いている。日本海の抜けるような青天より吹き下る優しい風が此処にもあるのだ。祝福してくれている。しばらくして、

「右肩の後ろに小さな痣があるね」

「貴方にもあるわ。自分では見えないでしょうけど」

ユジンは疲れたのか少しまどろんでいる。我が子をそっと彼女の傍に戻し武は長い間二人を眺めていた。

まだ西日が残る部屋で。

暫くは実家に居たいとユジンが言うので、街にある李家に落ち着いた。郭家とは近い。名前は相萬（サンマン）とつけた。

「サンマン。よく笑う子ね」

ユジンの母はベッタリである。義母とユジンがサンマンに付きっきりで少々妬けるが、何だかこそばゆい気もする武だった。


うろこ雲が東の空に見える。彼岸花が咲き始めた。もうすぐ秋だ。サンマンは日に日に可愛くなる。自分に似ていると武には思えた。

珍しく、郭隊長から呼び出しがあった。

またサンオク兄さんが変な手紙よこしたのかな、と思いながらドアをノックした。

コンコン！

「入ります」

「どうぞ、入りたまえ」

隊長の前で足を揃えて敬礼した。

「椋木君、悲しい知らせだ。李サンオク君が戦死した。九月十七日、仁川上陸作戦に於いて果敢に攻め込んだ際、敵の一斉射撃に倒れたと報告があった」

敬礼をして外に出た。サンオク兄さんが死んだ。山より大きな脱力感が武を襲った。何も手に付かない。帰宅する足が鉛のように重い。小さな石ころにつまずいた。転んだまま大声を出した。

「兄さん！　サンオク兄さん！　何故だっ」

彼の笑顔が浮かぶ。『武！　俺はやったぞ』と言っている。解らない。生きることに答えはあるのか。俺は甘えていたのか。自分の生きがいばかり求めていたのか。戦争に参加したことが本当に人のためになったのか……。涙が止まらない。

その夜、ユジンは陰膳を用意してマッコリを置き、武を一人にした。

『いけん、いけん。サンマンが出来たんだ。サンオク兄さんの分まで生きんといけんのじゃ。絶対ユジンを幸福にしちゃる』

武の脳みそは爆発寸前だった。

何事もなく年を越して、熊さんたちの元に暫く遠ざかっていた韓国行きの仕事が入った。熊さんは居ても立ってもおられずソワソワしていた。『次はわしが乗ります』と、勝手に決めていた。

熊さんが大きな包みを持ってやってきた。ニヤニヤ笑いながら。

「社長。何か渡すもんありまへんか？」

「おぉ、これを渡してくれ。この先、どんなことで椋木の世話になるか分からんからの」

と、手紙とお祝いの寸志を手渡した。

「熊さん、その大きな包みは何かね？」

「これですかー。おしめが二十枚、よだれかけが五枚、あとは下着に、それから鯉のぼり……」

「もうええ。お前はオカンか！」


一九五二年三月十六日。明神丸は出港した。春には珍しく雪のちらつく日だった。

「クワンヒョン、お前は何を土産にしたんや？」

「カメラです。それとフィルム」

「ぎょっ！　そんな高級な物が土産だって？　お前、自分が欲しいんじゃないのか？」

「チングですから。武兄さんの子供は、僕の子供みたいなもの。沢山写真に撮って欲しいと思うからです」

「そんなにチングとやらはええもんなんか？」

「兄弟以上ですよ」


無事、釜山港に入った。

本部の方へは事前に連絡を入れておいたので、武は早めに到着して明神丸を待っていた。

船が横付けされ荷下ろしが始まった。大きな荷は頑丈なロープで吊り下ろす。クワンヒョンの操作技術はメキメキと上達していた。

『上手いもんだなぁ。ピンポイントで大型トラックの荷台に下ろせるのか』と、武は感心しきりであった。

作業はもうすぐ終わる。最後の荷の合図をクワンヒョンが出した。大きな土管が三本。『あれは一本ずつ下ろさないと危険だ。いくら腕が良くてもリスクが大きい』と、武は思った。

その時鈍い音がした。荷を見上げると、土管を束ねるロープが一本切れていた。『これは……』合図しようと二、三歩近寄った瞬間、残りの結束二本の内一本が切れてバランスを失い、三本の土管が頭上高くから落下した。

周りの誰もが土管の叩きつけられる轟音に振り向いた。スローモーションを見ている様に、一本の土管が跳ね上がり武を襲った。土管は彼の上で止まった。

「嘘だろ……」

クワンヒョンは急いで下りて行った。

「バカな……あり得ない、兄さん！　兄さん！」

土管と武は人々に囲まれていた。

「人を集めろっ！」

熊が吠えた。十名ほどの男達が土管を持ち上げ看護に当たった。

「兄さん！　兄さん！　ごめんよっ……すみません。兄さん……」

不思議なことに、大勢の敵兵に身体を刺されている。もがいても離れない。口々に『仕返しだ！　○○兵隊の仕返しだ』と言って止まない。武は思い出していた。慶州の作戦の後、敵兵を追いかけて数名の兵士を撃った。おそらく何名かは死に至っているはずだ。彼らの念が土管に乗り移るはずもないが、武は瞬時にそう思ったのだ。サンオク兄さんは、撃たれて死んだのだろうか。自分も一緒だったら仁川で死んでいたのだろうか。取り返しのつかない想像が巡り、僅かの間に武の脳裏をよぎるのだった。

人間はその営みの中で、数知れないことに触れ、出会う。教育、宗教、政治、事件、事故、災害、自分の意志以外の大きな力によって動かされてしまう。地面に這いつくばっても、土ごとさらわれてしまうのだ。他者の陰謀なのか、神の力によるものなのか、永遠に計り知ることは出来ない。死をもって、楽しさや苦しさ、憤りや悲しみ恨み、あらゆる感情が消えるまで、我々は人という動物の一員なのである。あるいは死後も。

武は微かな意識の中で答えた。

「クワンヒョン、お前じゃない。あれは荷造りだ。俺なら一本ずつ下ろす」

「兄さん、すみません、兄さん……」

武は一段と弱々しい声で、

「クワンヒョン、気にするな。俺はこの戦争で君らの同胞を何人か殺してしまった。その報いなのかもしれない……クワンヒョン……チング……ユジン……サン……」

武は完全に意識を失った。そして心肺停止。

熊さんの持ってきた包みから、カメラが転げ出ていた。

一九五二年三月十七日、椋木武永眠。


武を愛してくれた総ての人々が、郭の家を訪れた。ユジンは悲しみに暮れ、サンマンも抱けない。元は少し離れた所で両手を合わせている。ウノが側に居る。郭と両親は、武を囲む様に座している。社長、熊、クワンヒョンは棺の見える廊下で正座している。

武が独りぼっちになったのが丁度三年前。郭を追って、神戸を経由し念願の韓国へ到着した。若さ故に銃を手にした。彼が守りたかったのは彼自身だったのかもしれない。

やがてユジンと結ばれ、子を生す。兄と慕うサンオクの死、これに目覚めた彼は家族を幸福にすると誓った。それでも人はいつか死ぬ。僅か三年という短い間、彼は走り続けた。

それが彼の一生だったのだ。

郭は、武の生き様を手紙にしたため、遺骨と金子（出兵の褒賞金）を益田の安治に送った。

そして、この戦争が終結したら、もう一度彼の地を訪れようと思った。

「元さん、やはり貴方は武のおじいさんでしたか……」

「はい。隊長の漂流のお話を聞いた時に確信していました。私は、酷い男です」

「しかし、このような繫がりがあるなんて不思議ですね」

「人間は繫がっているから、生きていけるのではないでしょうか。あの子だって貴方に繫がらなければ、益田でもっと早く逝っていたかもしれませんよ。貴方のお陰で、短いながらも充実した人生を送ることが出来たと思います」

「元さん、私は落ち着いたら益田へ行ってみようと思いますが、ご一緒しませんか?」

「私には、その資格がありません。こちらに孫、武の墓標を納めて頂ければ幸いです」


一九五三年七月二十七日、五百万人の兵士や民間人の犠牲を出した朝鮮戦争は休戦となる。武の子、サンマンの二歳の誕生日であった。

完

【著者紹介】
丹波 燐（たんばりん）
本名　椋 弘士
1979（昭和54）年、島根県立益田高等学校卒業。
幼い頃に古里の砂浜にハングル文字の物体を確認することしばし。その物体に遠く異国の匂いを感じ取り、沖に向かって大声をあげる衝動に駆られたことを思い出します。

二《ふた》つの墓標《ぼひょう》

2021年5月26日　第1刷発行

著　者　　丹波 燐
発行人　　久保田貴幸

発行元　　株式会社 幻冬舎メディアコンサルティング
〒151-0051　東京都渋谷区千駄ヶ谷4-9-7
電話　03-5411-6440（編集）

発売元　　株式会社 幻冬舎
〒151-0051　東京都渋谷区千駄ヶ谷4-9-7
電話　03-5411-6222（営業）

印刷・製本　シナジーコミュニケーションズ株式会社
装　丁　　関 理沙子

検印廃止

Printed in Japan
ISBN 978-4-344-93313-2 C0093
幻冬舎メディアコンサルティングＨＰ
http://www.gentosha-mc.com/